인생에서 성공보다
더 중요한 것들

인생에서 성공보다
더 중요한 것들

초판 1쇄 발행 2022년 12월 1일

지 은 이   이래하
발 행 인   권선복
편   집   권보송
디 자 인   김소영
전 자 책   서보미
마 케 팅   권보송
발 행 처   도서출판 행복에너지
출판등록   제315-2011-000035호
주   소   (157-010) 서울특별시 강서구 화곡로 232
전   화   0505-613-6133
팩   스   0303-0799-1560
홈페이지   www.happybook.or.kr
이 메 일   ksbdata@daum.net

값 22,000원

ISBN 979-11-92486-31-4(03810)

Copyright ⓒ 이래하, 2022

도서출판 행복에너지는 독자 여러분의 아이디어와 원고 투고를 기다립니다. 책으로 만들기를
원하는 콘텐츠가 있으신 분은 이메일이나 홈페이지를 통해 간단한 기획서와 기획의도, 연락처
등을 보내주십시오. 행복에너지의 문은 언제나 활짝 열려 있습니다.

인생에서 성공보다 더 중요한 것들

이래하 지음

What matters

in life

than being successful

도서
출판 **행복에너지**

절박함이
프로를 만든다!

과거는 역사!
현재는 선물!
미래는 기적!

열심히 살아왔다. 이제 즐겁게 살아야겠다. '성공' 푯대만 바라보는 희생적인 인생이 아닌 '지금 이 순간의 삶'을 위한 '현재를 누리는 성공', '가치를 높이는 성장의 세계'에 당신을 초대한다.

나는 충분히 과정을 즐기는가?

시작과 끝이 통하는가? 어떤 삶이 더 나을까?

나보다 나은 사람들과 사는 것, 나보다 부족한 사람들과 사는 것 중에! 좋은 점을 많이 보면 닮아갈 수 있다. 부족한 점이 많이 발견되면 채워줄 수 있다.

중요한 건 나의 마음 상태!

나의 첫 책은 세광음악출판사에서 출간되었으며 40개의 에뛰드가 수록된 CD를 포함한 해설과 연주가 있는 가리볼디 플루트 에뛰드이다. 포인트 레슨과 연습 방법까지 수록되어 있어서 독학이나 티칭에 모두 좋다는 평을 받고 있는 책으로서 나는 그 책의 저자로서 활동하고 있다. 미치도록 사랑하고 일하고 노력하고 숨쉬고 살아갈 수 있는 힘은 꿈이 있을 때 나온다.

이제 기쁨 만족 성공을 위해서 사는 초점에서 벗어나 무한대 사랑을 받고 사랑하며, 세상에 도움이 되어 태어난 이유를 찾을 수 있는 활동을 하고 싶다. 『인생에서 성공보다 더 중요한 것들』이라는 제목의 책을 쓰게 된 것은 우연이 아니라고 본다. 지금 오늘 나는 무엇을 줄 수 있는 사람일까?

잘 줄 수 있는 사람이기 위해 최고에게 받아야 한다. 이 책이 인생 최고의 선물 중 하나가 되기를 바란다.

힐링 라이프 & 뮤직 컨설팅

하루의 모든 소소한 생각, 말, 행동이 리듬을 타고 들어온다.
새로 태어나서 살아보고 싶거나 삶이 막막할 때 꼭 기억하자!

음악치료, 마음의 소리를 듣고 표현하는 치료
명상치료, 나를 바라보는 치료
기록치료, 소리와 메시지를 기록하면 마법이 열린다.

생각을 지우고 마음의 챕터를 한 장 넘기자! 1인 1악기 시대, 첫 번째 악기는 나의 목소리이다. 정체된 나의 인생 페이지 기록을 좋은 소리로 깨워내자! 용광로 같은 열기로 채워 다 녹여버리자! 새롭게 태어난다!

매일 아침, 필사와 동기부여 책으로 사용될 수 있기를 바란다.

나에게는 수많은 조언과 협력을 아끼지 않은 분들이 있다.

예술가의 숭고한 의지와 혼이 담긴 삶을 보여주시는 도자기 명장이자 시인이신 손유순 작가, 원고 수정과정도 함께해 주시고 음악가로서 책을 쓰기 시작하는 단계에서 출간 후까지 알아가야 할 내용을 꼼꼼히 챙겨주신 엄정행 교수,

언제나 응원을 아끼지 않으시는 한국플루트학회 김미숙 명예회장, 생활 속 지혜 척척박사이신 르완다연합대학 신영락 교수, 메타시대의 선두주자 한국열린사이버대학교 인공지능융합학과 신장환 특임교수, 청소년 온라인 영문 저널 이슈클라리티 공동편집장 John Ghim.

'사람은 이름을 남긴다'는 말이 생각나게 하는 이 분들의 삶을 대하는 통찰력과 전문가적인 눈썰미에 의해 조각가의 창작물처럼 세련된 성장을 위한 흐름이 잡혀가고 있다.

수많은 출판사 중에 가장 큰 관심을 주신 출판사! 그 이름처럼 사회 공헌에 크게 기여하고자 구름 위를 다니듯 움직이시는 행복에너지 권선복 대표, 섬세한 권보송 작가와 김소영 디자이너, 소소한 일도 함께 의논하고 고민해주는 가족과 친지, 선후배, 기도로 후원해주시는 분들의 극진한 관심과 정성으로 나오게 된 종합예술작품!

세상의 격려가 되어 줄 책!
앞으로 나다운 길을 열어가며, 축복을 체험하게 될 여러분 모두에게 이 많은 전문가들의 지혜가 모여 전해지기를 바라며 용기와 응원의 박수를 보낸다.

영감이 은하수처럼 빛나는 서재에서
이래하

한국플루트학회 **김영미 회장**

무엇이 나의 꿈인지,
시작도 못 해본 많은 이들에게
오늘을 살아가는 절실함을 더하는 지침서

천사의 고운 맘씨. 차분함, 다양함,
순수함, 분석적, 치밀함, 영특함,
특별함, 패셔니스트, 따뜻함

재료를 다 모아
멋진 쉐프의 손에서 나오는 인생 요리책
옆구리에 꼭! 지니고 다니고 싶은
환상적인 친구

가슴에 불을 질러주는,
삶의 이유를 조곤조곤 이야기해주는
이래하 작가의 목소리이다.

글로벌사이버대학교 **이승헌 총장**

꿈 앞에 희망의 스펙트럼을 비추어주는
이래하 작가의 작은 몸짓이 탄생하였다.

지금, 현재, 나로서 살아가고자 하는
모든 이들에게
위로와 용기, 도전 의식을 불러일으켜 주는 책

변화를 원하는 모든 분들께 권한다.

테너 **엄정행 교수**

물 흐르듯 풀어가는 스토리
강에서 바다로 가는 듯

역동적인 움직임의 소리들이
세상을 품고 나아갈 이미지를

그릴 수 있게 도와준다.

작은 행복은 큰 행복의 리허설이다.

본 무대에 오르고자 하는 모든 분들 손에

선물하고 싶은 책이다.

빈 소년합창단 음악원 **이종기 지휘자**

이래하 작가는 예원, 서울예고 시절 플루트 전
공 실기 수석 졸업으로 음악활동에 충실했고 뛰어
나게 잘했다. 매사에 열정적이고 적극적이었다.

인생에서 겉으로 보이는 성공보다, 보이지 않는
아름다운 소리에 감동하듯이 내면 깊숙이 더 중요
한 것들을 찾아가는 모습에 박수를 보낸다.

희로애락이란 무엇일까? 내 인생에서 중요한
것은 무엇인가? 나는 무엇을 위해 살고 있나?

하늘에 보이는 양떼구름은 하나의 형상인데

사람들은 자기 식대로 판타지를 갖게 된다. 인생에 새로운 맛을 느끼게 해주는 맛있는 디저트 같은 이야기가 담긴 책이다.

치운선

문학박사 문학생활 **최운선 상임회장**

생각은 넓게,
계획은 구체적으로,
실천은 빠르게,
결과는 완벽해야 한다는 말이 있다.

이 책은 성공하려는 사람들이 더 놀라운 성공을 이루기 위해 꼭 알아야 할 희망의 메시지가 들어 있다.

가장 불안하고, 가장 막막할 때 성장의 속도가 빨라지듯 성공을 향한 열정도 절망 속에서 꽃피운다는 메시지. 이 책을 통해 사고가 변화되기 시작할 것이다. 그리고 인생에는 기적이 찾아오기 시작할 것이다.

Ancien Professeur au Conservatoire National Supérieur
de Musique de Paris **Pierre-Yves Acteau**

Flûtiste Lee, Raeha

Maintenant,

un nouveau monde artistique s'ouvre en tant qu'écrivain.

à tous ceux qui écoutent

Grâce au son du cœur et au son de la musique,

l'empathie et la guérison peuvent se produire.

C'est un livre qui transmet la puissance.

전. 파리국립고등음악원(CNSMDP) **피에르 이브 악또 교수**

플루티스트 이래하,

이제

작가로서의 새로운 예술세계가 열리고 있다.

경청하는 모든 이에게

마음의 소리, 음악의 소리로

공감과 치유가 일어날 수 있는

파워가 전해지는 책이다.

Contents

Chapter 1 | 삶을 이끄는 것은 나 자신이다

Chapter 1

삶을
이끄는
것은
나
자신이다

어떤 삶을
살 것인가?

문제, 간절함의 씨앗이 되다
- 무대공포증 극복

세상은 고통으로 가득하지만,

한편 그것을 이겨내는 일로도 가득 차 있다.

- 헬렌 켈러 -

음악가로서 대학과 예고에서 강의를 하고 레슨을 하고 연주를 하면서 지내온 지 어느덧 20년이 되어간다. 이탈리아, 스위스, 프랑스, 크로아티아, 한국에서의 경험들은 한 번에 다 풀어놓기 어려울 정도로 다양하다. 열정과 분위기도 다르고 학생들의 정서도 개개인의 차이가 크다. 제자들의 모습에서 항상 느낀 점은 목표를 높게 세우고 최선을 다하는 진심이 보인다는 것이다. 반면에 그 내면에는 말할 수 없는 사정과 상처, 자신만이 느끼는 한계 같은 것 역시 가슴에 안고 살아간다는 사실을 알게 되었다.

당신은 현재의 상황에 만족하는가? 걱정 근심이 전혀 없는가? 걱정 근심이 하나도 없는 사람은 아마도 없을 것이다. 아마 있다면 괜찮아, 괜찮아 하고 긍정 마인드로 스스로를 다독이고 속이면서 위로하면서 별 의욕이나 의미 없는 반복적인 루틴으로 살아가고 있을 수도 있다. 오히려 완전히 무감각하다면 생각보다 더 불행한 것일 수도 있다.

태어날 때부터의 집안 분위기, 건강 상태, 성격처럼 선천적인 것도 있고 살아가면서 만들어진 걱정 근심도 있을 것이다. 문제는 그 자체가 아니라 그것을 받아들이는 태도이다. 그 불편함으로 다가오는 것들을 거부하고 피하기만 할 것인가, 혹은 성장하는 데 지렛대 역할을 하게끔 만들 것인가에 따라 인생은 새롭게 피어날 수가 있다.

걱정, 근심, 불안이란 것은 완벽주의자들에게 자주 생기기도 한다. 나는 완벽주의자로서의 경향이 강했다. 초등학교 때 무대에 서고 콩쿠르에 나갈 때마다 칭찬받고 좋은 결과로 호응을 얻었다. 그 덕택에 예원학교에 진학하라는 추천을 받고 전공을 하기로 결심했으며, 하루 6시간 이상 연습하면서도 힘들다고 하기보다는 즐겁게 기꺼이 성취감을 가지고 임했다. 유튜브 채널 〈헨리 뭐 했니?〉를 종종 보시는 분들은 다 알겠지만 영재들만 간다는 그 예원학교에 수석 입학을 하였다.

그렇게 나는 화려해 보이는 무대를 사랑했지만 실제 속으로는 너무나도 떨었다. 우황청심원을 먹어보기도 하고 다양한 방면으로 열심히 노력했는데 긴긴 세월 동안 이 고민은 해결되지 않았다. 하지만 끈기와 성실로 깊이 있게 도전한 결과 유학 이후, 그러니까 그러한 고민을 시작한 지 거의 10년이 지난 후 호흡 조절에 있어서 고도의 테크닉을 연마하게 되었다.

나의 의지와 상관없이 다리가 후들거리고 심장박동수가 심하게 빨라지는 증상들에 겁먹지 않고 당당하게 음악의 흐름을 조절하는 능력은 하루아침에 습득되지 않았다. 본래 조용한 성격이며 부드럽고 온화함을 추구하는 성향인데, 강렬한 긴장감을 유지하고 카리스마 있게 하는 일은 심장에 부담을 주고 위경련도 자주 일으키게 했다. 그렇게 일상에서 고군분투해야 했다.

재능이 남다르고 지극히 원하고 좋아서 선택했다. 그렇게 나의 진로에 열정을 불태우도록 해준 일이 또 다른 면에 있어서는 나의 천성을 거스르기에 노력으로 극복해야 했다. 양 극단적인 면을 가지고 있었던 것이다. 인생을 생각하고 고민하고 이겨 나가야 하는 상황으로 작용했던 것이다.

숙명처럼 다가온 이 숙제를 풀기까지 얼마나 긴 시간을 고민하고 연구하고 씨름했는가? 그 고민의 시간이 길었던 만큼 같은 고민을 하는 제자들을 깊이 공감하고 지도할 수 있는 노하우를 기르게 되었다.

결국 나의 고민은 제자들의 고민을 푸는 열쇠가 되었다. 여리고 상처가 컸던 나는 많은 사람들의 상처에 공감할 수 있는 능력을 갖추게 되었다. 상담과 힐러의 자질을 갖춘 코치로 성장한 것이었다.

현재의 모든 문제는, 전문가가 되는 인생 학교에 입학식을 알리는 것과 같다.

· · · · · ·

고민이 없다면 발전도 없다
- 유학 대신 연습 10시간

남을 가르칠 수는 없다.
단지 스스로 발견하도록 도와줄 뿐이다.
-갈릴레오 갈릴레이-

고민이 없다면 과연 항상 천국 같은 기분을 맛볼 수 있을까? 학생은 보통 성적에 대한 고민을 하고, 성인이 되면 경제적 자유에 대한 고민을 하기 마련이다. 진정 깊은 고민은 쉽게 드러내기도 어렵다. 속으로는 그렇게 끙끙 앓고 지내면서 겉으로만 재능과 비전을 내세우며 열정을 불태우는 삶을 살고 있는 것은 아닌가? 어디서부터 어떻게 풀어나가야 할지 모르는 미로와 같은 고민에서 벗어나서 살고 싶어 한다. 고민을 감추려고만 할 때도 있다.

하지만 어쩌면 그런 고민이 있었기에 더 남을 이해하는 마음이 성장할 수 있다. 부족하기 때문에 의지할 곳을 찾게 되면서 위로를 받고 용기를 내기도 한다. 물론 고민이 위로만으로 해결되지 않고 알 수 없는 불안감이 무의식까지 장착되게 하기도 한다. 여기서 벗어나서 살 수 있을까? 고민, 불안, 두려움을 깰 수 있는 도구가 과연 있을까?

'닉 부이치치'의 삶을 떠올린다. 태어날 때부터 장애인으로 태어났지만, 부모님을 원망한 적이 없었다고 한다. 오히려 그의 어머니는 직업이 간호사였기에 그에게 필요한 것을 누구보다도 많이 알고 있었고 부족함 없이 해주셨기에 불평하지 않았다고 한다. 그는 대신 기도를 했는데 기도를 하면 자기의 기도가 이루어지지 않을까 하는 생각, 기적에 대한 로망이 있었는데, 이렇게 응답을 받았다고 한다.

태어난 그대로의 몸을 가지고서 영혼의 기적을 체험했고 지금은 전 세계에서 강의를 하고 있다. 오히려 신체적 장애가 없는 우리가 영혼의 치유를 받고 새롭게 세상을 살아가면서 짧고 귀한 인생을 기뻐해야 할지도 모른다. 우리는 이러한 것을 빨리 깨닫고 우울감, 불안감, 무기력감 등 나의 한계에서 탈출해야 한다.

내면의 치유를 경험해야 모든 비전과 목표, 갈망하는 것을 향한 길이 열리기 시작하게 된다.

고민, 불안, 두려움이 강할수록 해결능력, 확신, 용기가 더 강하게 작용한다. 피하지 말고 미워하지 말고 겸손하게! 현재의 상황을 받아들이자. 누구의 탓인지는 판단하지 말고 인정하고 출발한다.

예원학교에 입학하자마자 유학을 가고 싶었다. 지도 교수님의 제안을 받기도 했다. 그러나 너무 어려서 혼자 생활을 해야 하는데 부모님은 허락하지 않으셨다. 하트 반쪽은 외국에! 하트 반쪽은 한국에! 두고 지냈다. 그래서 더 미친듯이 플루트 연습에 몰입했다. 방학이 되면 10시간씩 연습하기도 했다. 내가 할 수 있는 최선이었다. 인간의 한계에 도전해 보고 싶었다.

플루트는 아주 작으면서 긴 손가방 정도 사이즈의 케이스에 들어가는 악기이다. 자기 전에는 클래식 음악감상을 매일 깊게 한 후 호흡을 정돈하고 악기가 들어있는 케이스를 품에 안고 잠들었다. 그렇게 사랑에 푹 빠져서 지냈다.

고민이 없다면 연구하지도 않았을 것이다. 만약 없었다면 발전된 나의 모습이 존재했을까? 무대에 섰을 때 얼마나 떨릴 수 있는지? 공부하는 과정은 얼마나 경쟁이 치열한지? 짐작할 수 있을 것이다. 이 모든 것을 안고 기꺼이 이겨내고자 하는 태도는 남다른 열정을 동반하게 될 것이다. 스스로의 연약함을 이기고, 승리하는 꿈이 현실이 되는 일상을 살아가기 바란다.

무의식을 깨우다
- 클래식 음악과 꿀잠

신은 인생의 갖가지 걱정에 대한 보상으로
우리에게 희망과 수면을 내려주셨다.

-볼테르-

나는 잠 잘 자는 것은 타고났다. 게다가 클래식 전공을 하다 보
니 더욱 더 잘 잔다. 그래서 내 나이 또래 일반인들에 비해 조금
은 더 동안인 게 아닐까? 잠이 비법이다.

클래식이 얼마나 아름답고 정서적 안정을 주는지 모른다. 클
래식 감상법을 아는 것은 큰 행운이다. 물론 모든 클래식 애호가
나 클래식 전공자가 잠을 잘 잔다고 할 수는 없을 것이다. 나는
초등학교 때 우연히 클래식 음악을 접하고 전공까지 하게 되었는
데, 실제로 전공을 하면서 점점 난해한 연주곡들을 다루게 되면
오히려 힐링보다는 어려움이 다가오기도 한다. 그러나 결국 시간
이 흐른 후에 익숙해지고 나면 오래된 맛이 나오는 것이 클래식
이다. 오래되었지만 세련되고 유행에도 뒤처지지 않고 고상한 그
깊은 맛을 차츰 알게 된다.

전 세계적으로 가장 많이 팔리는 약이 수면 유도제라는 이야

기를 들어보았는가? 꽤 많은 경우 나이가 들수록 잠은 줄어든다. 그리고 제대로 푹 자는 사람이 거의 드물다고 한다. 어린 학생들도 시험을 앞두고는 잠을 못 자고 기분이 너무 좋아도 못 자고 하룻밤 사이에도 여러 번 깨고 화장실 왔다 갔다 하는 사람들도 많다고 한다.

그토록 잠을 못 자서 고민인 사람들이 왜 클래식 공연장에 오면 잘 잘까? 초대받아 와서 우아하게 자리를 잡고 눈을 감고 음악감상을 한다. 어느새 스르르 오랜만에 깊은 잠이 든다. 마지막 앙콜콕 라데츠키 행진곡에 깜짝 놀라 벌떡 깨면서 이마를 다친 사람도 있다고 한다.

다들 아시겠지만, 클래식이 난해한 음악이 아니라 우리가 잘 모를 뿐이다. 클래식은 영화음악 등에 자주 사용되어 널리 알려진 곡들도 많다. 즉 클래식도 단계가 있고 다양한 취향에 맞추어 골라서 들을 수 있다는 것이다. 물론 분명한 사실은 다른 음악에 비해 잠을 잘 자게 해 주는 기능을 할 수 있다는 것이다. 클래식은 뇌파를 안정시켜 주고 정서도 평화롭게 해 준다. 이는 뇌과학자들이 이미 밝혀내고 실험 사례도 상당히 많다. 잠자기 바로 전과 일어난 직후에 같은 음악 같은 생각 등을 반복하게 되면 무의식과 가까워지는 것을 체험하게 될 것이다.

클래식 음악과 꿀잠 명상으로 인생을 핸들링하는 무의식과 친해져 보는 것은 어떨까?

이래하 칼럼

클래식 음악과 꿀잠 사이

클래식 음악은 오랜 전통을 가지고 있는 음악이다. 최근 몇 년간 강석우의 라디오 진행으로 클래식을 생활 속에서 즐기고 좋아하는 사람들이 많아졌다. 품위 있어 보이려고 억지로 즐기는 척하는 소유물이 아니라, 진심으로 음악에 공감하고 느낄 수 있게 하는 데 큰 기여를 했다. 음악이 안정감을 주고 위로를 주고 즐거움을 줄 수 있다는 것을 체험한다.

일반적인 클래식 음악에의 접근은 쉽다고 여겨지지는 않는다. 예술의 전당 콘서트홀에서 하는 특별한 음악회에 가더라도 왠지 비트감이 강하고, 조명이 화려하고, 따라 부르기 쉽고 시원한 곡이 아니라면, 지속적인 집중 상태의 유지가 잘 안 되고, 다른 생각을 하게 되면서 졸음이 오는 체험을 해 본 적이 있을 것이다.

왜일까? 자극적인 음악이 아니라서 졸리게 되는 걸까? 잘 모르고 난해해서 귀에 잘 들어오지 않고 눈이 스스로 감기는 것일까?

예를 들어, 베토벤의 운명 교향곡! "따따다 단~! 따따다 단~! 이 유명한 테마는 어디선가 한 번쯤은 들어보았을 것이다. 하지만 몇 악장인지 아는 사람은 많지 않을 것이다. 4악장 중 1악장이다. 〈Ludwig van Beethoven Symphony no.5 in c minor, Op.67 1st Movement〉, 루드비히 반 베토벤 심포니 5번 가단조, 작품번호 67. 1악장만 감상해도 거의 9분이 소요된다. 하지만 심오하기까지 한 이 음악은 초등학교에서 취미로 학생들이 하는 오케스트라에서도 종종 보게 되는 레퍼토리이다. 시작 도입부는 의도적으로 찾아서 듣지 않는다 해도 일상 속에서 TV에서라도 한 번쯤 들어본 기억이 날 것이다. 이 소리를 듣는 순간 반가운 기분이 들 것이다.

이 글을 읽게 된 분들은 의도적으로 찾아서 10분의 여유를 허락해 보길 바란다. 계속해서 끝까지 들어보자. 편곡이 아닌 원곡을 끝까지 들어본 사람이 몇 명이나 될까? 다른 장르의 곡에 비해 호흡이 길어야 한다. 즉각적인 반응으로는 알 수 없지만, 좋다고들 하는 음식을 음미하며 먹어보듯이, 조용한 분위기에서 한번 귀 기울여 들어보자.

클래식 연주회장은 분위기도 정숙하다. 짧게 짧게 청중들이 들으면서 받는 느낌을 실어서 바로바로 손을 흔들고 따라 부르고 하는 활기찬 분위기가 아니라 아주 정적이고, 깊이 있게 듣는 전통이 있는 감상을 유도한다. 나만의 **공간에서 듣게 될 때, 그런 고요함의 시간과 공간을 만들어 보자.**

클래식 음악의 무수히 많은 장르 중에서도 특별히 교향곡은 거장이 되어 가는 과정에서 작품 한 곡 나오기까지 긴 시간을 필요로 하는 인간 문화 역사의 심오한 단계까지 들어가야 탄생할 수 있는 것이다. 간단한 단선율이 아니라 규칙이 있고 어마어마한 설계도가 필요한 건축처럼 작곡되는 교향곡에 대해 문을 두드려 보는 것은 어떨까? 유명한 운명 교향곡이 이 세상에 나와 우리의 귀에까지 익숙하게 된 역사를 거슬러 올라가 보고 싶어진다. 아는 만큼 흥미롭고, 즐길 수 있게 되니까!

보통은 음악대학에서 작곡과 전공으로 학사, 석사, 박사까지 해도 교향곡 한 곡 근처에 가기도 힘든 일이다. 이 정도면 교향곡의 난이도를 상상할 수 있으리라 본다.

그런데 100곡이 넘는 교향곡을 남긴 '교향곡의 아버지'이자 고전주의 시대에 활약한 프란츠 요세프 하이든(1732-1809 오스트리아)은 어떻게 이런 훌륭한 작품을 많이 남길 수 있었을까? 음악적 재능을 보여주었지만, 오르간 연주와 음악 레슨으로 겨우겨우 생계를 유지했다고 한다. 그러던 하이든은 파울 안톤 에스테르하지 후작의 저택에 있는 악단의 부감독으로 임명받게 되었고, 관현악단을 이끌면서 관현악법도 발전시키고, 영국에 가서 큰 성공을 얻게 된다. 이후 안정된 생활 속에서 다작을 남기게 된 것이다. 안정과 풍요 속에 다작을 남긴 하이든의 제자 중 또 다른 한 명이 우리에게 더욱 친숙한 '베토벤'이기도 하다.

예술가에게 헝그리정신이 필요할 때도 있지만, 진정한 예술가에게 정신적 안정, 생활의 안정이 주는 결과를 보고 놀라지 않을 수 없다. 이 많은 작품들이 현대에까지 인류에게 긍정적 풍요를 선물하는 것을 보면 예술가에게 하는 지원과 투자는 사회적으로도 활성화되어야 하고 우리가 함께 잘 살아가는 길이 아닐까 생각한다. 당대 놀라운 인기를 얻고 있던 하이든의 재미있는 일화를 소개한다. 오스트리아를 공격하던 나폴레옹이 진격 중 하이든의 집을 발견하였는데 절대 그 집을 파괴하지 말고 지키라고 부하들에게 명령하는 한편 경의를 표했다고 한다. 이렇게 그는 역사의 한 획을 그은 인물이다.

한편 아이러니하게도 베토벤을 포함한 유명한 작곡가들은 교향곡 9번 작품을 남기고 돌아가신 경우가 많다고 한다. 우리는 스스로 일기 한 줄도 안 쓰고, 바쁘게 살아가다 세월이 벌써 이렇게 흘렀네?라고 하면서 살고 있는 모습을 발견하곤 한다. 무언가 마음먹고 하다가도 중단된 나를 보게 되지는 않는가? 그럴 때 클래식 음악은 평화로운 잠을 누릴 수 있는 VIP의 삶으로 안내해 주는 문명의 혜택을 선물로 하여 다가온다.

풍요 속 일상의 이야기를 소재로 한 하이든의 교향곡과는 또 다르게 내면의 성찰과 연구, 훈련을 통해서만 나올 수 있는 심오한 주제의 교향곡과 같은 클래식을 처음 듣게 되면, 겨우 앞부분만 듣다가 소화가 안 되어, 경청할 수 없고 자게 되는 것은 어쩌면 너무나도 당연한 일이다. 클래식 음악이 좋다고 하는 것은 여러모로 입증되어 있기에 관심은 있는데 이러한 부분 때문에 친해질 방법을 모르는 게 아닐까?

먼저 주제가 가볍고 쉽고 일상적인 주제의 곡, 가벼운 장르의 곡을 찾아서 야금야금 간식처럼 듣다가, 제대로 된 식사를 하듯이 시간을 늘려가는 것을 추천한다.

졸음이 오고 잠들게 하는 마력이 있는 클래식 음악!
소화가 잘돼서 기분 좋게 자게 하는지?
소화가 안 돼서 불편한 상태에서 잠들게 하는지?
한번 관찰해 보기 바란다.

전 세계적으로 가장 많이 팔리는 약 중 하나가 진통 소염제와 수면 유도제라고 하는 이야기를 들은 적이 있다. 공감하는가? 어떻게든 클래식 음악이 안정을 주고 수면 유도제 역할을 할 수 있다면, 약으로 해결하려고 하는 방법보다는 삶의 질이 높아질 것이다. 한 걸음 한 걸음, 클래식과 꿀잠 사이를 함께 논해보자!

지금 아니면
언제 할 것인가?

서울유니버셜 교육컨설팅
- 미국중부교육청(MSA) 인증 학점 취득과정

자신의 한계를 내세우지 않는 순간에!

혹은 살면서 놓친 것에 주목하지 않는 순간에!

여러분의 '참 자아'를 잠깐이라도 볼 수 있습니다.

-『우주는 당신의 느낌을 듣는다』-

'행복의 씨앗' '사랑' '나'

EA 엑스트라커리큘럼 액티비티 음악활동 기회

내가 할 수 있는 일은 많이 있는데 진정 특별한 일을 하고 싶었다. 그러던 중 "안녕하세요? 이래하 서울유니버셜오케스트라 지휘자 선생님과 통화할 수 있을까요?"라는 전화를 받게 되었다. 기쁘고 믿어지지 않을 만큼의 뜻밖의 제안 요청을 받게 된 것이다.

그렇게 대한민국 교육부의 '외국 소재 초중고 학력인정학교' (2021.6.15.) 목록에서 미국 메릴랜드 사립 515으로 확인되는 TLCI School과 제휴를 맺고 가슴 뛰는 꿈의 일을 시작하게 되었다. 항상 가슴 깊이에서 특별한 일, 글로벌한 일을 하고 싶어 했는데 감사가 넘치는 순간이었다. 미국이나 일본 유럽 등 명문대를 진학하려고 하는 유학을 준비하는 학생들이나 국제학교를 준비하는 학생들에게 특별히 희망적이다.

이 일을 진행하게 되면서 나는 음악감독이자 지휘자로서 미국에서 인정하는 음악 관련 학점 이수과정을 맡아서 진행하고 상위 학교 진학에 도움이 되는 추천서나 봉사점수 등에 다양한 영향력을 줄 수 있게 되었다.

서울유니버셜에서 음악교육을 받고 하버드나 명문대에 진학하려는 학생들이 미국대학에서 중요시하는 예술활동과 봉사, 음악 관련 청소년 기자로서의 활동 등으로 훌륭한 인성을 갖추는 것은 물론, 실력과 우수한 학점을 인정받고 세계를 향해 나아가려는 초중고 학생들이 '이래하 음악감독'과의 만남으로 꿈을 펼칠 수 있게 되길 바란다.

놓친 것에 물끄러미 바라보고 애태우지 말고, 현재를 느껴본다.
My Life를 디자인하고 완성해간다.
진정한 승리의 비결은 그냥 승전가를 부르며, 다음 발을 옮기는 것이다.

압박감
- 해설과 연주가 있는 가리볼디 플루트 에뛰드 출간

왕관의 무게를 버텨내는 사람만이 왕관을 쓸 자격이 있다.
- 격언 -

유럽에서 거의 13년을 유학하고 귀국했을 때, 강산이 변한다는 긴 시간을 지내다가 돌아온 후 나를 알리는 한편 그동안 배우고 익힌 것을 어떤 방법으로 다른 이들에게 알려줄 수 있을지 연구하기 시작했다. 대학 출강, 연주, 음반작업, 통역, 번역, 레슨 등 다양한 활동을 시도하면서 지내던 중 플루트 관련 책을 내는 것이 좋겠다는 생각이 들었다. 처음이라서 어떤 주제로 하면 좋을지 연구를 하기 시작했다. 그래도 대중적이면서도 학구적인 연습곡을 지상 레슨하듯이 하고 연주 CD도 함께 수록하고 기본 원리와 핵심 포인트를 파악하고 연습방법 실전을 기본 패턴으로 한 책을 쓰기 시작했다. 새롭고 뿌듯한 작업이었다.

시작이 반이라고 하는데, 반을 했을 때는 초심을 잃으면 마무리가 안 된다는 사실을 알게 되었다. 당신에겐 중간 지점에서 거의 멈추어진 일들은 없는가? 세월이 흐르고 잊혀져 가면서 안개처럼 사라져 가는 일이 있는가? "한다!"라고 했으면 체력과 의지를 보강하여 일의 끝마무리까지 일심으로 추진한다.

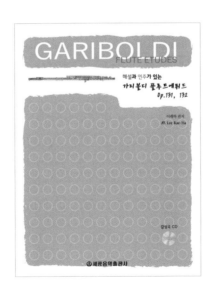

『해설과 연주가 있는 가리볼디 플루트 에뛰드』의 저자가 되기까지 우여곡절이 있었다. 원고를 전달하고서 긴긴 시간을 기다려야 하는 일이 벌어졌다. 인내심 테스트처럼 느껴졌다. 기다리면서 중요한 사실을 배웠다. "모든 일이 나의 생각대로만 되는 것은 아니구나. 그래서 가능한 최대한 빨리 해야 하는구나"라고 새롭게 다짐을 하는 계기가 되었다

귀국 후 거의 20년이 다 되어가는 활동을 보면서 프로필 정리를 하다 보면 '세광음악출판사 저자'라는 것이 가장 눈에 띈다. 저서가 있다는 것이 얼마나 힘이 있는지, 시간이 지날수록 영향력의 마법을 확인하며 지낸다.

책을 막 쓰던 때에는 마무리 단계에서 속도가 나지 않아 내가 이것을 꼭 해야 하는가? 하는 자괴감에 빠지기도 하고, 기일 안에 잘 써야 한다는 압박감이 바빠지는 일정 속에 스트레스가 되기도 했었다. 완성작품을 내기까지는 마라톤 선수가 자기 페이스 조절을 하다가 결승점에서 뼈가 부서지는 듯한 느낌에도 응원하는 힘에 뛰고, 포기하고 싶다가도 초심의 불씨를 꺼트리지 않고 가기 위해 마음을 다시 추스르는 것처럼 달린다. 계속 달린다.

원고를 마무리할 때까지 각오했다. 마라톤에서처럼 멈추면 죽기보다 힘들어질 수 있다. 처절함을 품고 지속성을 유지하자. 웃는 모습으로 결승점을 통과할 때 뜨거운 박수갈채를 받는 모습을 상상하며 해냈다.

현실을 마주하는 용기
- 작가로서의 꿈

현재의 우리를 이해하기 전까지,
미래의 우리를 향해 나아갈 수 없다.
"자동차 앞 유리부터 닦아라"
-샬럿 길먼-

현실을 마주 보는 용기가 작가의 꿈을 향해 강하게 이끌어 주었다.

취미 생활이라고 할 만큼 습관이 된 유튜브 즐겨보기를 하던 저녁노을이 짙어지는 시간!

"오늘은 뭐 특별한 내용이 없을까?"
"유학 시절 희망, 용기를 가지고 열정을 불태웠던 젊음의 패기로 다시 살아갈 수 있을까?"

늘 그랬듯이 동기부여, 좋은 책에 관련된 내용들을 찾아보는 중이었다. 인생을 어떻게 설계하고 어떻게 살아가야 잘 살았다고 할 수 있을까를 골똘히 고민하며 주제를 찾고 있었다. 나의 고민은 상담하러 가기도 어려운 일이다. 복잡하고 많은 내면세계 어디서부터 이야기를 시작해서 도움을 받을지도 모르겠다는 생각이 들었기 때문이다.

나의 스토리를 오픈할 용기는 없었다. 그래서 듣기만 해서도 달라질 수 있는 방법이 없을까? 하며 유튜브 여행을 하고 있었다. 그러던 중 같은 고민을 하고 책을 쓴 작가가 한국책쓰기협회에서 인터뷰하는 한 편의 솔깃한 내용을 다루는 영상을 보게 되었다. 꿈만 같았다.

그동안 혼자 속으로 삭이면서, 강한 정신력으로 잘 버텨내면서 살고 있었다. 후배들이나 제자들, 주변 사람들에게 열정적으로 신념을 가지고 살아가는 모습으로 보여졌고, 선한 영향력을 주면서 살아왔다. 하지만 무의식에서는 나를 좀 더 강하게 정비해야만 했고 나 스스로에게 솔직해져야만 했고 더 깊은 대화를 필요로 하는 풀지 못하는 숙제가 있었다. 계속 같은 레일을 달리는 기차 같은 느낌이 들었다. 여기서 탈출하고 싶다. 성공을 이루고 싶다. 욕망이 커져 가고 있다. 그리고 한 가지 직감적으로 나를 바라보게 해 주었다.

"왜 몇 년의 시간이 필요했을까?"
"래하! 너 이대로 괜찮아?"
"괜찮은 척을 하는 것도 한계가 오고 있다는 것 알고 있어?"

이제는 제대로 나의 목소리에 귀 기울이고 직면하면서 디테일하게 치유하고 돌보아주고 마음의 내비게이션을 따라 성장하기로 결심하고 용기를 내기 시작했다. 불꽃이 점화되는 순간이 도래했다. 수년 동안 꿈꾸어오던 작가의 꿈! 너무 어려운 일로만 생각되고 미루어 왔던 일! 실현할 수 있게 되었다.

　　오랫동안 준비해서 출판사에 투고를 해도 책 쓰는 방법을 제대로 숙지 못 해 출판사로부터 거절을 당하는 참패를 계속해서 맛볼 수도 있다. 하지만 나는 처음 쓰는 책을 지금처럼 정말 빠르게 써 내려가고 있다. 출판사에서도 거절당하지 않는 멋진 원고를 쓰고 있다고 믿고 있다. 당신이 지금 내 글을 책으로 읽고 있다면 나의 예상이 맞았다는 증명이 되는 것이다.

　　세상의 성공담, 실패담이 나를 살릴 것이다.
　　나의 성공담, 실패담이 세상을 살릴 것이다.

예원학교 시절 추억의 사진　　　전쟁기념관 연주 후 받은 패

베스트가 되는 힐링

#베스트

베스트!

상상하거나 듣기만 해도

기분 좋은 단어!

#테스트

떠올리기만 해도

피할 수 없을까

생각되는 단어!

#나의 인생

테스트는
베스트가 되기 위한 거라고 하네요.

가장 힘든 일
어려운 문제
삶의 무게
관계에서 오는 질문

베스트가 되는 길목에
이미 들어와 있음을
이제사 보게 되었다

한국 문학 생활회
글. 미래의 하늘 **이래하**

책을 쓰는 과정에는 큰 치유가 있었고, 책이 세상에 탄생하는 날은
내 인생 최대의 전환점이 될 것이다.

제발
일할 수 있게 해 주세요

나도 할 수 있다
- 레슨 스토리

생산자가 할 일은 소비자들이 사게 유도하는 것이다.

소비자는 생산자를 필요로 하기 때문이다.

그들은 누군가가 자기 욕구를 채워주길 기다리는 다수의 사람들이다.

- 엠제이 드마코 -

대학을 졸업하고 결혼을 해서 유학을 온 언니 오빠들이 많았다. 첫 레슨은 성악전공하는 분들의 시창, 청음 레슨이었다. 소프라노 조수미 선배님이 나온 로마산타체칠리아국립음대는 시창, 청음을 지휘하면서 한다. 3년 과정인데, 높은음자리표, 낮은음자리표만 보는 것이 아니다. 난해한 리듬을 다루는 수준높은 서울예고에서 뿐만 아니라 일반 음대에서도 거의 하지 않는 7개 음자리표를 모두 읽을 줄 알아야 한다. 리듬은 악기 전공을 해도 초

현대곡에서나 나올 만한 그런 난해한 리듬을 한 박자에 하나씩 넣어서 음을 읽게 하고, 반 박자 8분음표 기준으로 박을 나누면서 읽게도 요구한다.

학년말이 되어 시험 기간에 이론 과목들은 먼저 시험을 치르게 되어 있다. 시험 통과가 안 되면 전공 실기 시험을 볼 자격이 주어지질 않게 된다. 꼭 '산타 체칠리아'가 아닌 다른 음악원을 가려고 해도 한국에서 했던 것과는 차이가 많이 나기 때문에 보충 레슨을 필요로 하시는 분들이 있는 편이었다. 솔직히 서울예고 기악 전공자인 나도 밤새면서 공부한 과목이라서, 시창 청음 과목은 성악 전공인 분들한테는 얼마나 어려웠을지 상상이 된다. 몇 년 후에는 플루트로 유학 온 학생 중 언어 소통의 문제도 겸해 입학시험 전에 도움을 받고자 레슨을 시작한 학생도 있었다.

서양 음악사 공부를 하면서 친구들에게 도움을 받아, 플루트와 언어를 대상으로 교환 레슨을 하기도 했다. 서양 음악사 시험이 끝나면 책을 불 질러버리겠다고 한 이탈리아 학생들도 있을 정도였다. 시계도 없이 밤새 공부하는 학생들이 대부분이었다. 이탈리아어를 사용하는 이탈리아 학생들도 그렇게 하고 있는데, 외국인인 나는 머리카락 다 빠지는 줄 알았다.

이러한 이론 과목들 때문에 졸업 못 하는 경우가 많다 보니, 어떻게든 해내야 하는 상황이라 점점 강도를 높이기 시작했다. 24시간이 아니라 48시간, 이틀에 한 번씩 자면서 공부를 하기 시작했다. 어쩌다 한 번이 아니라 장기간 지속되었기에 엄청난 지구력이 필요했었다. 덕분에, 아쉬운 점이 있다 보니 친구들과 더 많이 소통하게 되고 나눔의 시간을 갖게 되는 계기가 되었다.

시간이 많이 지나서는 언어도 능숙해지기 시작했고 이탈리아의 어린 학생들을 지도하기 시작했다. 간절히 바라던 때에 레슨이 들어오니 얼마나 감사했는지 모른다. 일할 수 있다는 것은 귀한 경험이다.

끝을 넘어서다
- 힘들 때 들어오는 한 줄기 빛

상상은 우리가 얼마나 주위를 기울이냐에 따라
우리의 요청을 모두 들어줄 수도 있다. 원하는 것에만 집중하라
-네빌 고다드-

이탈리아 로마에서 스위스 로잔국립음대로 12시간 기차를 타고 2주에 한 번씩 다니고 있었다. 그리고 또 프랑스로 향하기도 했다. 결국 나는 플루트 레슨과 언어 레슨, 연주, 통역 등 다양한 일을 하면서 젊음의 시간을 배움의 시간으로 최대한 투자하는 것이 돈을 버는 일이라고 생각했다. 즐겁게 일을 하고 기숙사로 돌아오면 힘든 하루의 피로가 몰려오긴 했지만, 일이 있었기에 재미있게 열심히 살아갈 수 있었다. 처음 한국에 귀국해서는 동호회에서 플루트의 대중화를 위해 힘쓰고 많이 도와주고 소통했던 것이 지금 일반인들의 정서를 파악하고 플루트 교재를 쓰는 데 큰 도움이 되었다.

간절함이 배울 때 더 클까? 가르칠 때 더 클까?

간절함이 어느 때 더 크다고 말할 수는 없지만, 언제 어디서나

▲ 목원대학교 작곡과
– 피에르 이브 악또 교수 현대곡 작곡
  기법 강의 진행 및 프랑스어 통역

◀ 한국예술종합학교 – 피에르 이브 악또 교수
  (전, 파리국립고등음악원 CNSM 교수)와
  마스터 클래스를 마치고

하는 일에 소중하게 임하는 겸손한 자세를 갖게 되었다.

　서울시향소년소녀오케스트라 수석 연주자로 활동한 이후 여러 오케스트라에서 플루트 수석 연주자로 무대에 섰던 경험이 지휘를 할 때 단원들을 이해하는 데 큰 힘이 되었다. 오카리나를 배워 둔 일이 힐링뮤직 오카리나 연주법 강의를 하게 되는 준비가 되었다. 야외에서 하는 큰 사회적 행사 연주에는 오카리나 연주가 제격이었다. 코로나로 인해 생활이 많이 불규칙해졌을 때 드라마 섭외가 들어오고 있다. 예측하지 못한 일상의 기쁜 소식 중 하나이다. 예측하지 못한 일이 들어오면 최선을 다해 즐기면서 하는 계기가 되었다.

　최선을 다해 일하고자 하는 열정은 항상 있다. "제발 일할 수

한국종합예술학교 - 피에르 이브 악또 교수(전. 파리고등음악원 교수)와 마스터클래스를 마치고

있게 해 주세요!" 걱정이 앞서는 습관적 일상이 아니어야 잘 살았다고 할 수 있다. 모든 경험과 일하는 기본자세는 연결되어 있다.

항상 준비된 자로 살고 싶다면? 간절함과 시간의 소중함을 알자. 불안감보다 용기를 크게 갖고 살아가자.

미지의 세계로의 도전
- 이탈리아어, 프랑스어 통역

모든 사람은 목에 보이지 않는 사인을 달고 다닌다.
"나를 중요한 사람으로 느끼게 해 달라."
다른 사람을 위해 일할 때 이 문구를 절대 잊어서는 안 된다.
─메리 케이 애시─

로마산타체칠리아국립음대, 아르츠 아카데미, 밀라노베르디국립음대를 졸업하고, 1년 동안 이탈리아와 스위스를 왕래하면서 여러 학교를 동시에 다니는 생활 속에서 불어도 조금씩 익숙해지고 있었다. 차츰 스위스에 거주하면서 이탈리아로 왕래하고 이탈리아 플루트 아카데미, 산타체칠리아국립아카데미와 더불어 로잔국립음대에서 석사과정을 이어가는 한편 새로운 문화권에서 꿈을 키워가고자 했다.

그런데 갑자기 "래하야, 그동안 타지에서 혼자 생활하면서 공부하고, 유학생활 잘 해내고 10점 만점에 10점으로 졸업하다니, 정말 축하한다. 수고했다. 그런데 더 이상 유학 송금이 어려운데 어떻게 할까?"라고 엄마는 미안해하며, 조심스럽게 얘기를 꺼내셨다.

나는 계속 공부를 하고 싶었다. 그래서 "엄마, 내가 한번 방법을 찾아볼게."라고 하고서는 고민하고 생각하기 시작했다. 앞으로 어떻게 살아가야 할까?

일찍 유학을 가서 월반을 하면서 공부를 해서 졸업도 일찍 한 편이라서 어린데 공부를 더 하고 싶다고 사정을 이야기하니, 스위스에 가서 일을 하면서 공부를 하게 되면 오히려 나라가 작고 급여는 높은 편이고 국경에서 가까운 지역이다 보니 이탈리아보다 좋은 조건으로 훨씬 쉽게 일을 하면서 학업을 할 수 있을 거라고 격려해 주시고 소개해 주신 집사님이 계셨다. 덕분에 배우는 기간에는 난생처음 하는 일이고, 부모님 정도 나이의 어른들을 만나서 대화하고 리드해야 하는 일이라서 혼자 공부에만 몰입했던 나 스스로에게는 큰 도전이었지만, 실제 일은 간단해서 흔쾌히 할 수 있었다.

날씨가 허락을 하지 않거나 관광객이 너무 몰리거나 고소 공포증이 심한 나이 드신 분들이나 어린아이들이 있는 경우는 '몽블랑'을 보러 가기 위한 '에귀 디 미디' 케이블카 대신 빨간색 산악열차를 타고 몽땅베르의 '메르 드 글라스' 얼음동굴도 가고, 브레방 전망을 보러 가기도 했다. 코스가 많다 보니 미리 연락해서 티켓 예약만 잘 해내면 되었다.

이탈리아와 스위스의 두 학교를 병행하고 있었고 월반 시험까지 도전하고 있었던 차에 해내야 하는 과제가 너무 많았다. 2주에 한 번씩 이탈리아와 스위스를 오고 가며 3개의 학교를 동시에 다니는 한편 두 나라에서 플루트 학생들을 레슨하고 있었다.

그러던 중 통역 일이 들어오기 시작했다. 보통 불어를 듣고 한국어로 통역하는 일이었다. 전문용어가 나올 만한 부분은 사전 조사하여 공부하고 가면 충분히 가능했다. 간혹 불어를 듣고 이태리어로 통역하는 일도 있었다. 음악 분야 통역이 아니면 전문 분야에 대한 지식을 쌓게 되는 동기도 되고 언어 공부를 차분히 앉아서 심도 있게 하게 되어 도전적이고 떨리기도 하고 설레는 일이었다.

이런 상황에서 플루트 연습은 특별한 방법이 필요했다. 시간을 뛰어넘는 연습 방법을 고안해 내서 모든 과정을 다 이수했다. 처음의 패기와 열정으로 일을 할 수 있다는 그 자체에 감사했다. 하고 싶은 공부를 최고연주자 과정(유럽의 연주박사과정)까지 할 수만 있다면 '오케이!' 힘들다고 말할 수 없었다. 그런 말은 '사치'였다. 오로지 '제발 일할 수 있게 기회를 주세요!'

당시는 'IMF 시절'이라 더욱 그러했다. '코로나 이후의 시대'에 들어서서 급변하는 세상에서 같은 심정으로 외치고 싶은 사람들이 많을 것 같다. 기회는 온다. 일할 기회가 오면 감사히 임해야 한다. 일은 축복의 통로이다. 해 본 사람은 그 소중함을 알기에 더욱 간절하다.

지금 눈 앞에 있는 것에
집중하라

. . . . . .

눈 뜨자마자
- 악기 연습

교육은 빠를수록 좋다.

교육은 착하게 인도할수록 좋다. 교육은 바르게 가르칠수록 좋다.

-이이-

'K-Mom', 한국 엄마의 교육열은 가히 세계적이다. 나의 엄마도 그 안에 속하는 특별하신 분이었다.

초등학교 입학하기 전 안양에서 유치원을 다닐 시절이었다. 엄마는 엄하고 냉정해 보였지만 사랑이 많은 분이었다. 예쁜 옷도 입혀주시고 머리도 단정하게 빗겨주시고 피아노 교재를 가방에 넣어주셨다. 6시에 집 근처 피아노 선생님 댁에 도착하려면 5시에는 기상을 한 것 같다. 아직도 어제 일처럼 생생한 기억 속에는 아침 일찍 일어났다는 기억과 선생님 집 앞에 무서운 개가 항상 버티고 있었다는 사실이 떠오른다.

　그 후, 초등학교 진학을 위해 서울로 오게 되었다. 리라 초등학교에 입학했고 아주 평범한 모범생인 나에게 엄마는 특별히 뭔가 시켜주고 싶어 했다. 바이올린을 시작했고 음악 전공을 꿈꾸며 그 당시 KBS 교향악단에 계신 배병호 선생님께 압구정동으로 매주 레슨을 가서 배우게 되었다. 나를 음악가로 키우고 싶어 하시고 지극정성 뒷바라지해 주셨던 엄마는 바이올린 연습에 집중할 수 있도록 최대한의 환경을 만들어 주셨다. 학교에서 오케스트라 활동도 함께하고 즐거운 시간을 보냈다. 콩쿠르 준비를 하거나 연주 준비가 다가오면 아침에 일어나자마자 연습부터 하는 습관이 생기기도 했다.

　그러던 어느 날 배병호 선생님께서 진지하게 말씀하셨다. "바이올린을 전공하려면, 연습을 많이 해야 하는데 신체적 조건이 바이올린으로 최고가 되기에는 불리합니다. 꼭 악기로 전공을 하고 싶다면, 목관악기 중에서 시작해보기를 권합니다." 진로 상담을 해 주신 것이다. 왼손 5번 손가락의 길이가 상대적으로 다른 사람들에 비해 아주 많이 짧다는 것이 그 이유였다. "보통 한 악기를 전공하려면 재능이 있어도 기본 6시간에서 10시간 연습하는데, 이 조건으로는 두 배는 해야 된다."
　결국 잘 생각해보고 하지 말라는 권유였다. 그리고 목관 악기

중에 오보에 영재인 딸의 연주 모습을 처음 보여주셨다. 뭔지 몰랐지만 직감적으로 '이건 아니다'라는 느낌이 강하게 왔다. 그다음 플루트와 클라리넷을 보여주셨는데, 플루트 연주 모습을 본 나는 순간적으로 활짝 웃으면서 해 보고 싶다고 했다. 의사 표현이 항상 애매했던 딸의 이런 확실한 표현에 엄마는 확신을 가지고 시작부터 전공 선생님을 찾아 교육의 열을 올리기 시작했다.

초등학교 5학년 때 문록선 선생님과 플루트를 시작했고, 입시 준비와 예원학교는 양혜숙 선생님, 서울예고는 고순자 선생님의 지도하에 꿈을 키우면서, 잠에서 깨어나 눈을 뜨면 플루트 롱톤 연습, 소리 연습으로 하루를 시작했다. 새벽을 깨우는 연습은 찬송가, 애국가에서부터 아름다운 노래로, 실기곡으로 발전하기 시작했다. 때론 아빠 알람으로 플루트 연주를 해 드리기도 했다. 유학을 가서도 이 기분 좋은 루틴은 계속되었다. 일어나자마자 할 수 있는 연주곡 레퍼토리는 매일 바뀌기도 했다.

매일 작은 새로운 시도는 성장의 열쇠가 된다.

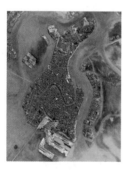

하늘에서 본
이탈리아
베네치아

이탈리아 꼬모 호수
– 뮤직 캠프 장소

몸 관리
- 테라피 자격증

단기지교: 맹자가 일찍이 학업을 포기하려고 할 때
어머니는 자신의 베틀에서 짜 놓은 옷감을 꺼내 자르고는,
"한 번 잘라버리면 다시는 옷감으로 쓸 수 없듯이
공부도 한 번 중단하면 다시 이을 수 없다."라고 말해주고
학문을 포기하지 않도록 가르쳤다.

    긴 유학생활을 마치고 귀국하여 예고와 대학에 출강을 하고 연주 활동을 하면서 나이가 들어가기 시작했다. 예술가라는 직업 자체가 출퇴근 시간이 따로 없고, 평소에 그 예리한 감각을 유지하기 위해 스스로 시간을 찾아서 몰입해야만 하는 일이다. 실제 밖으로 드러나는 일은 시간도 해결해야 하는 분량도 불규칙하기 때문에 상당한 체력이 요구된다. 감정 노동이기도 해서 더 많은 에너지 탱크가 있어야 가능하다. 진짜 신체적 나이 때문인지, 불규칙한 생활 때문인지, 심리적인 원인에서 오는 건지 정확히 파악이 되지는 않지만 결과적으로 불편함을 호소하고 힘듦을 느끼는 상황이 오기 시작한 건 사실이다.

    초등학교 때 음악을 전공하기 전 진로 상담을 하면서 담임 선생님께서 장래 희망이 뭔지 물어보셨을 때 나의 꿈은 ①의사 ②

판사 ③변호사였다. 무의식중에 아픈 사람들을 치료하고 치유하며 '사람은 왜 아픈 걸까? 어떻게 해결해 줄 수 있을까?'라는 생각을 아주 자연스럽게 늘 하고 있었던 나는 나이가 들면서 나의 몸에 좀 더 심도 있게 관심을 갖기 시작했다.

보통 병명이 나와서 전문의를 찾기 전에 항상 전조증상이 확실히 나타난다. 그때 어떻게 해야 할지 모르고 그냥 그냥 살아가는 사람들이 일반적이다. 대부분 보약이나 마냥 쉬는 휴식을 선택하고 시간을 보낸다. 그리고 그것이 잘하고 있는 건지 확인할 방법조차 알 길이 없는 것이다.

이를 대비해서 학구열이 높았던 엄마한테서 수지침을 배웠다. 그동안 의학책을 평소에 관심 있게 보았던 것이 바탕이 되어 테라피 자격증을 취득하게 되었다. 차츰 배운 내용을 나 스스로에게 실천하고 적용하면서 상대적 안정감을 찾아가기 시작했다. 이는 내가 살아가면서 부딪히는 문제에 조금이나마 덜 흔들리고, 지속성 있게 나아가는 데 든든함을 주었다. 내가 선택한 테라피 자격증 과정은 약해지는 생명력을 강화시켜 주고, 힘차게 살아가는 효율적인 방법을 배우게 된 소중한 시간이었다.

맹자 어머님의 말씀처럼 공부의 끈은 계속 이어져가고 있었고, 그것은 나를 살리는 길이었다. 현재를 직시하고 끊어지지 않게 해야 하는 일이 무엇인지 알고 있어야 한다. 자동차의 타임밸트와 같은 역할을 한다.

소망하는 것이 있다면?

어떠한 경우에도 지속성을 목숨처럼 지켜야 하는 일!

철칙으로 지켜나가 보자. 꼭 학위나 눈에 드러나는 일이 아니더라도, 마음을 다해 하는 무언가를 계속해 보자.

호흡
- 악또 교수님의 칭찬

칭찬은 고래도 춤추게 한다.

- 켄 블라차드 -

미래를 계획하지만 단정지을 수 있는 사람은 없다. 예언자가 아니라면 알 수 없지 않을까? 그 무한한 가능성에 경이로움을 표한다. '크로아티아'라는 나라 이름도 모르고 지냈던 내가 바다를 바라볼 수 있는 위치의 집에 지내면서 매일 바다를 보고 해변가를 거닐고 호흡을 하다니! 해수면 위의 공기가 가장 신선하고 상쾌함을 줄 수 있다고 한다. 인류의 문명이 발달한 지역을 보아도 강이 흐르거나 바다가 있는 곳이었다. 살기 위해서는 물과 호흡은 기본이다.

이탈리아 수상도시 베네치아를 멀리 바다 건너 마주 보고 있는 크로아티아의 '로브란'은 차이콥스키 부속음악원의 궁전 같은 이 노미르코비치 아카데미에서 강의를 하면서 지냈던 아름다운 곳이다. 처음 경험하는 예측하지 못한 쓸쓸한 가을과 우리나라 여름 장맛비처럼 비가 많이 오는 겨울의 우기로 인해 우울감으로 지내곤 했다. 이때가 되면 워낙 환경이 주는 위력이 커서 많은 사람들이 우울감을 느끼기도 한다. 교통도 너무 안 좋아서 외국으로 나가려면 복잡한 노선을 거쳐야 하는 도시였다.

답답함을 느끼던 나는 동양의 문화에 심취해 있어서 소통이 잘되던 동료 선생님의 소개로 탈출구 삼아 기공을 배우기 시작했다. 바다를 앞에 두고 숨쉬기! 매일! 몸에는 기운이 넘치고 활력이 솟아나기 시작했다. 종종 바람이 거세지는 날 바위 위에 올라서서 높이 올라오는 파도를 맞으며 샤워하기도 하고 너무 재미있었다. 살짝 겁나기도 했지만 잊을 수 없는 추억이었다. 많은 어려움을 잊고 나와 대화하고 사랑하는 법, 나를 성장시키고 몸이 살아나게 하는 법을 터득하고 체험하기 시작했다. 두 달에 한 번씩 열흘 동안 프랑스 파리 국립 고등음악원에서 오는 피에르 이브 악또 교수님도 놀랍게 좋아지고 있다고 칭찬해 주셨다.

늘 야망을 품고 다니던 내가 크로아티아의 새로운 환경과 제한된 지리적 조건에서 힘든 시기를 이겨내고 한 자리에서 내면을 강화시키고 발전하는 모습에 응원해 주셨다. 컨디션이 좋아지고 호흡을 하는 악기인 플루트를 하면서 평생 기억에 남을 만한 날들을 보내게 된 것이다.

차츰 주변 국가인 슬로베니아와 오스트리아로도 여행을 하기 시작했고, 슬로베니아의 학생들이 지도를 받으러 찾아오기도 했다. 시간이 흐를수록 세계적인 첼리스트 '키릴 로딘'과 같은 날 협연을 하는 꿈만 같은 연주를 하기도 하고, 크로아티아의 수도인 자그레브에서 국립 오케스트라와 협연하기도 했다.

제한된 조건하에서 움직임이 자유롭지 못할 때, 나를 돌아보고 호흡을 하면서 달라지는 나를 발견한 소중한 체험이었다. 지금도 그날을 회상하며 호흡의 중요성을 다시 깨닫고, 호흡에 집중해본다.

무언가 막힘을 느낀다면, 그로 인해 다른 무언가 확 뚫리는 행운과 능력이 발휘된다는 사실을 경험했다. 망망대해 바다를 보면서 '기공'을 하고, 날아갈 것처럼 달라지는 '몸'을 체험하는 일은 평생토록 잊지 못할 것이다. '기적'에 가까운 일이었다. 말로 표현하기 어려울 정도이다. 언젠가 한 번 다시 경험할 수 있기를 바랄 정도로 '인내' 속에서 만들어진 '몸'의 느낌은 너무나도 경이로웠다.

눈앞에 있는 것에 집중하는 힘은 나에 대한 '존재감'을 확실히 알게 해 주었다.

매일

작은

새로운

시도는

성장의
열쇠가
된다.

고통을 이길 수 없다면
고통을 사랑하라

발가락 골절 사고 극복
- 오케스트라 지도, 메이크업 자격증

삶을 경험하지만 말고 삶을 통해 성장하라

- 에릭 버터워스 -

전형적인 도시 생활 속에서 숨차게 살아오던 어느 날! 잘못된 습관인 줄도 모르고 무한 진행형으로 그럭저럭 잘 살아오던 일상에 우연히 충격적인 사건이 생겼다. 여기저기 일을 본 후 앙상블 리허설 시간에 맞추기 위해 시간 약속을 지키는 데에 가장 좋은 지하철을 타고 이동하던 중, 너무 고단한 몸이 선 채로 휘청거리기 시작했다.

'어디 빈자리 없나?' 생각하며 둘러보니 내리는 사람이 있어서 곧바로 자리를 차지하고 안도의 숨을 쉬며 앉았다. 몇 정거장 남았나 보니 아직 한참 남았다. 그래서 눈을 붙이고 잠깐 자고 일어나야지 하면서도 혹시 몰라 자다 깨다 자다 깨다를 반복. 진짜 유난히 주체할 수 없는 피곤이 몰려오기 시작했다.

그런데 잠깐 꾸벅하며 깜빡 잠든 사이 이게 뭔가? 나는 비명을 지르며 잠에서 깨어났다. 한여름이라 옷도 가볍게 입고 신발도 맨발에 샌들을 신고 있었다. 그런데 대학을 막 졸업하고 취업준비 하는 학생이 노트북을 케이스나 가방도 없이 그냥 들고 있다가 거의 맨발에 가까운 내 발에 떨어뜨린 것이다. 우선 신분증 사진을 찍고 연락처를 받았다. 같이 내려서 잠깐 이야기를 나누고 각자의 길로 향했다.

처음 있는 일이라 어안이 벙벙하여 병원에 갈 생각도 못 하고 우선 플루트 앙상블 리허설을 위한 악보 준비와 연습실 정리정돈 등 당장 급한 일을 위해 도착해서 준비를 마치고 리허설을 시작했다. 하지만 리허설이 끝나가는 밤 10시쯤이 되자 점점 걷기도 힘들고 통증이 너무 심해서 발가락을 쳐다보니 색깔이 총천연색이 되어 변해가고 있었다. 모두들 보고 놀라면서 내일 당장 병원에 가야겠다고 걱정해 주었다.

다음날 병원에 가서 엑스레이를 찍어 보니 오른쪽 4번 발가락 골절 진단이 나왔다. 깁스를 하게 된 직후, 불편함에 투덜댈 뿐 이 사건으로 인해 나의 인생이 얼마나 달라질지는 전혀 모르는 상태로 회복 생활을 시작했다. 웬걸, 시간이 지날수록 계속 아프고 발가락이 붙지를 않는 것이다. 그때 처음 알았다. 깁스를 하는 것은 최대한 움직임을 적게 하기 위한 것이고 뼈가 붙는 것은 내 몸의 회복력에 따라 결정된다는 것을. 하지만 나의 몸에는 무엇이 부족한 것인지 3개월이 다 되어가도록 아무 소식이 없었다. '진짜 보통 일이 아니구나!' '계속 뼈가 안 붙는다면? 나의 직업은 서서 하는 일인데, 새로운 직업을 찾아야 하나?' 총체적 난국이었다.

수업을 하기 위해 목발을 짚고 끝도 없이 치료를 받으면서 출근하는 안타까운 모습을 보시던 숭의초등학교 근무하시는 한 분이 나의 인생의 고비를 잘 넘기게 해 주신 은인이 되셨다. 정형외과 의사선생님께서는 발가락 골절은 수술도 안된다고 하셔서 미래의 나의 직업에 대해 불안감도 생기고 막막한 때에 골절이 된 뼈가 안 붙을 때 특효약이라는 '산골' 태어나서 처음 들어본 이름! 희망적인 정보를 주셨다. 덕분에 진정한 감사함을 크게 품고 재활하는 기간을 즐겁게 보낼 수 있었다.

아무튼 빨리 알았으면 좋았겠지만, 그래도 이런 특별한 정보를 알게 돼서 인생 한시름 놓았다. 대신 목발을 한쪽만 짚고 돌아다니다 보니 어깨에 문제가 생기기 시작했고 전신의 밸런스가 깨져서 통증은 3년 동안 지속되었다. 대학병원의 치료를 받으면서 나의 복장엔 큰 변화도 생겼다. 편한 신발, 발가락을 완전히 가리는 신발, 굽이 낮은 신발 등을 신다 보니 스타일이 나는 옷을 입을 수가 없게 되었고, 액세서리도 거의 안 하거나 단조롭고 심플한 스타일로 바뀌고 색깔도 아무거나 잘 어울리는 베이직한 색깔이 되는 등 이전에는 상상도 못 하던 변화가 생겼다.

몸이 불편한 상황에서도 괜찮은 척을 했지만, 너무 긴 세월을 보내다 보니 무력감이 오기도 했다. 지난 시간을 돌아보니 그런 실수를 한 학생을 만난 것도 아이러니하지만, 나를 반성하고 돌아보는 시간을 가지면서 관찰해 보니 새로운 사실을 발견할 수 있었다. 평소 자세에 대한 지식과 실천을 부지런히 하고 있었지만, 나의 허점을 찾게 되는 계기가 된 것이다.

생각해 보면, 나는 잠시 긴장을 풀고 싶을 때 다리를 앞으로 쭉 펴는 습관이 있었다. 그러한 습관이 이런 사고를 당하게 된 원인이라고 생각되었다. 거기까지 생각이 닿자 쉬고 싶은 잠깐의 시간에도 다리를 쭉 펴는 일은 하지 않았다. 발가락이 보이는 샌들도 안 신게 되었다. 풀어진 모습은 무의식중에도 없어지게 되었다.

한편 다친 곳이 붙고 치료가 끝난 후에도 후유증이라는 것이 나를 물고 놓아주지 않았다. 주변에 몸이 불편한 장애인이나 사고로 깁스를 한 사람들, 통증을 호소하는 사람들을 마주치게 되면 저절로 간절한 기도가 술술 나오게 된다. 너무 고통스러움을 경험했고 그로 인한 후유증까지 얼마나 긴 시간을 잡혀 있게 되는지 알기 때문이다. 몸의 소중함, 특히 뼈의 소중함, 얼마나 기본이 소중한 것인지 뼈저리게 경험했다. 나의 인생은 힘들고 어려운 일이 많았지만, 특히 이 사고 전과 후로 나뉜다고 얘기할 정도로 깊은 상처였다.

아무튼 후유증으로 인해 서 있기도 불편하고 팔도 잘 안 올라가는 상황이 도래했다. 이로 인한 답답하고 난감한 심정을 달래

주고, 어두운 분위기에서 벗어나기 위한 한 방법으로 나는 강남에 있는 SBS 아카데미에서 메이크업을 배우기 시작했다.

단순히 예뻐지고 싶은 마음에 등록을 했는데, 상당한 노동이었다. 얼굴에 낙서가 되지 않도록 노트에 무한 반복해야 하는 선 긋기는 내가 지금 미술 전공하려고 왔나? 하는 생각이 들 정도였다. 될 때까지 하는 분위기! 두 명씩 짝을 지어 수업을 진행하는데, 파트너는 거의 항상 나보다 나이가 반 아래! 딸 같은 아이들이 "어머 언니!" 하며 놀라곤 했다. 중국 유학생도 상당히 많았다. 나의 유학 시절을 상기시켜주기도 했다. 야심찬 아이들은 나에게 "너무 젊어 보이세요! 근데 어떻게 우리 엄마하고 나이가 비슷하시지? 믿어지지 않아요!" 하며 "예쁘다! 잘하신다!" 서로 칭찬했는데 지도하시는 선생님은 쓴소리를 자주 하셨다.

"어머머! 이렇게 하시면 시험 한 번에 통과 못 해요! 다시 해 봐요. 남아서 보충해 봐요! 조금 일찍 와서 연습해요. 봐줄 테니까!" 다양한 상황에 대처할 수 있는 실력을 키워 주신 것이다.

순서를 잘 기억하고! 20개가 넘는 붓도 언제 사용하는 건지 다 기억해야 하고! 시간 안에 다 마스터해야 하고! 지킬 것이 많았다. 이렇게 취미로 하려고 한 것이 자격증 취득까지 이어져 다양한 시대적 화장법을 다 배우고 시험날 심사위원에게서 칭찬받았다. 아주 소질이 있다고! 새로운 활력과 용기를 스스로에게 주는 선물이었다.

연주자로서 메이크업을 배우고 나니 왠지 든든했다. 연주 생활에 큰 도움이 되기 시작했다. 사실 눈썹만 잘 그려도 자신감 상승이고 만족할 수 있는데 자격증까지 취득했으니, 얼마나 좋았는지 모른다. 일부러 시간 내기도 어려운데, 발이 불편하다 보니 손으로 할 수 있는 취미활동을 찾은 건데, 느긋하게 어짜피 다른 일 많이 못 할 때 자연스럽게 하게 돼서 좋았다.

이렇게 인생 Before After 나뉠 정도로 오랜 시간 아프고 위기를 극복하고 나니 음악을 지도하면서 아이들을 볼 수 있다는 자체로도 기분이 좋았다.

숭의초등학교오케스트라에서는 플루트와 오보에 클래스에서 튜닝, 복식호흡, 스케일, 앙상블, 오케스트라 파트를 익숙하게 할 수 있도록 지도하는 일이 더 의미가 있었다. 가을이 되면, 숭의초등학교 정원에서 그룹끼리 악기를 들고 멋진 포즈로 선생님들과 추억이 될 사진도 찍고 프로그램을 만들고 전교생이 모여 질서있게 무대리허설을 여러번 하고, 드디어 부모님들과 친지 모두 초청해서 하는 큰 음악회가 열리게 되는데 적극적인 자세로 임하면서 일상의 기쁨, 내가 배운 것을 지도하고 생활할 수 있다는 보람을 더욱 체감하는 시기였다.

다른 어떤 행사보다도 1학년부터 6학년이 모두 한자리에 모여하는 음악 기획을 위해 특별히 편곡된 곡을 하기도 하고 원곡을 연주하기도 한다. 음악을 통해 정서적으로 한 작품을 만들어가는 과정에 연주당일에는 하루를 온전히 함께하는 예술성 창의성 증진 프로젝트이고 무엇과도 비교할 수 없는 귀한 교육 프로그램으로 자리잡고 오랜 전통을 자랑하고 있었다.

나는 양평청소년예술단의 예술감독이자 현재 외식 경영학 박사이기도 한 김휘림 교수님의 기획으로 '덩기덕 쿵떡'이라는 부제로 연주했던 양평청소년오케스트라 지휘자로서 활동을 했다. 또한 대회를 나가기 전 운동선수이셨던 교장 선생님의 덕담인 '음악은 꼭 이기는 승부수를 두는 것은 아니지만, 이왕 할 거면 마치 스포츠처럼 처음부터 이기는 게임이 될 수 있도록 최선을 다하자'를 멘토로 삼아 경기도 대회에서 1등을 한 적이 있었던 분당중학교오케스트라를 지도하며 청소년 지도하는 것도 즐거웠다.

이렇게 자라나는 아이들과 지내는 것이 보람되고 의미가 있어서 좋았는데, 숭의초등학교에서의 수업은 재미도 있고, 알아봐주시고 반겨주는 동창들과 지인들이 많아서 더욱 즐겁게 하고 있었다. 선생님도 사진사도 학교를 지키는 모든 분들이 가족처럼 잘 챙겨주는 분위기였다.

My life! 사랑한다는 것은 관심이 있다는 것이다.
관심을 가지고 방법을 찾아보면, 숨 쉴 틈이 생기기 시작한다.

배울 수 없을 때
- 프랑스어 독학

바쁜 사람은 눈물 흘릴 시간이 없다.

- 바이런 -

스승의 은혜, 나보다 앞서가고 배울 것이 있는 사람을 좋아했던 것 같다. 필요하면 배워야 한다고 생각했고, 배움에는 당연한 지불이 있어야 한다고 생각하면서 살았다. 산타 체칠리아 국립음악원을 졸업하고 대학원 과정을 이탈리아 로마와 스위스 로잔에서 하던 시절. 프랑스어를 제대로 배워야 하는데 이동 시간은 길고 언어를 배우기 위해 지불할 경제적 여유도 전혀 없었다. 그래서 고민하기 시작했다.

'점점 어려운 강의를 알아들어야 살아남을 수 있는데, 이 문제는 어떻게 해결해야 할까?'

로마 테르미니 기차역에서 로잔 기차역까지 12시간이 걸린다. 저녁 8시 기차를 타면 다음날 아침 8시에 정확하게 도착한다. 이미 로마에 거주하면서 로잔으로 2주에 한 번꼴로 1년 정도 다녔기 때문에 간단한 인사와 아주 기초적인 대화는 할 수 있었다. 그러나 대화를 한다거나 심도 있는 이야기를 하면 단어도 모르고 발음도 따라 하기 힘든 이 상황을 극복해야 했다.

그때부터 머릿속에서 단순하고 반복적이고 기초적인 문장이라도 매일 프랑스어로 생각하는 훈련을 하기 시작했다. 작은 사전은 항상 내 손안에 있었다. '이탈리아어 – 불어 사전'이었다. 한불사전이나 불한사전을 본 것이 아니었다. 이러한 방법이 오히려 더 쉽게 접근할 수 있었다. 나는 비슷한 단어와 다른 단어를 구분하기 시작했다. 잘 관찰을 해보니 이탈리아어와 유사한 단어들을 이해하고 외우기가 쉬웠다. 이탈리아어와 유사하지 않은 경우는 영어와 유사했고 반반 섞인 단어들도 있었다. 하지만 쓰기와 읽기에 비해 발음은 너무나도 새로운 언어였다.

그렇게 프랑스어를 독학하기로 결심을 하고 집중적으로 노력하기 시작했다. 첫 번째 방법은 밤 기차 안에서 사람들과 대화하는 일이었다. '밤 기차는 위험하다' '항상 극도로 조심해야 한다'는 인식이 있었지만 개의치 않았다.

로마–로잔으로 가는 기차는 중간에 국제도시 제네바를 지나간다. 덕택에 기차 안은 국제 회의장 같았다. 일반 여행객도 많거니와 국제기구의 회의에 참가하는 사람, 국제기구의 인턴 등 신사답고 엘리트인 사람들을 자주 만날 수 있었다. 운이 좋았던 것인지 문제가 되고 이상해 보여서 피하고 싶은 사람을 만난 적은 단한 번도 없었고 위로가 되거나 배울 점이 많은 사람들을 만나면서 다행히 안전하고 즐거운 여행을 했다. 로마 – 로잔으로 향하는 기차는 소음도 적고 새 기차여서 깨끗한 데다가 아침식사도 제공되었다. 12시간 여행이 하나도 지루하거나 고되게 느껴지지 않았고, 설레고 기대에 찼었다.

그때가 인생 최대의 기회라고 생각되어 사전 들고 종이 펴고 적어가면서 대화를 나누었다. 말하고 표현하고 싶은데 잘 안 되면, 만난 사람들이 친절히 다 설명해주고 알려주었다. 최고의 스승이었다. 아주 많은 사람들이 오픈 마인드로 대화를 나누고 자신의 세계를 공유하는 이런 현장은 어디서도 경험하지 못한 일이었다.

두 번째 방법은 스위스 교회의 예배 시간에 프랑스어로 스크린에 나온 가사를 보면서 찬양 드리고 설교를 듣는 일이었다. 세 번째 방법은 코드가 잘 맞는 친구 중 한 명과의 대화였다. 그는 말하는 것을 너무 좋아하는데 직업이 간호사다 보니 업무시간에는 말을 거의 못 하여 답답해하였다. 그러니 말하는 것보다는 듣는 것을 좋아하는 나와 마음이 잘 통했다. 늘 여행 가방이 무거웠던 나의 가방도 들어주고 눈빛만 봐도 뭐가 필요한지 알았던 기숙사 친구였다. 식사도 같이하고 시간 되면 TV도 같이 보고 시간 날 때마다 내가 알아듣든 못 알아듣든 신나게 이야기를 했던 친구였다. 불어를 못 알아들어도 그냥 같이 있는 것이 좋으니 자기 속풀이 하듯 어마어마한 이야기를 꺼냈고, 많이 들으니까 귀가 트이기 시작했다.

네 번째 방법은 알프스 지방에 별장 같은 집에 초대해주고 운동도 같이하고 교회도 같이 가고 가정 예배도 같이 드리고 수도 없이 작은 책자를 주면서 읽으라고 하고 친언니같이 나를 돌보아 주고 예뻐해 준 사업가 친구와의 대화였다. 가족 같은 챙김을 받으면서 행복감도 느끼고 언니같이, 엄마같이 속 얘기도 많이 나누었다. 어휘력이 부족한 것도 찾아주면서 대화를 하게 되었고 그렇게 자연스럽게 불어를 하게 되었다. 학교에서 배우지 않고 모국어를 학교 가기 전에 배우듯이 배운 케이스라고 볼 수 있다.

이렇게 나는 불어를 학교에서 배울 수 없을 때 독학으로 했다. 그런데 독학은 결국 더 많은 스승이 있는 것이었다. 나는 이탈리아 문화, 프랑스 문화와 스위스 문화를 사랑하게 되었다. 이탈리아와 프랑스에서 이탈리아, 프랑스인을 만나면서 체험한 자유, 평등, 박애! 스위스에서 다국적 사람들을 만나면서 알게 된 중립적 입장, 민주주의, 평화! 고통으로 다가오는 현실을 이겨낼 수 없다면, 그 안에서 동화되어 살기로 결심한다. 할 수 있는 일이 무엇이 있을지 개척자의 입장에서 찾아본다. 영국인들이 미국 대륙을 개척한 것처럼 시작은 험하고 힘든 일이지만, 시간이 흐르면서 주인이 될 수도 있는 것이다.

우선은 피하지 말고 즐기는 것이 현명하다.

미래지향적인 소통
- S.N.S.

어떤 일을 함에 있어 자신이 현재 추구하는 방법보다
더 좋은 방법이 항상 있을 수 있다는 열린 마음을 가져라.
그리고 더 좋은 방법을 끊임없이 찾도록 하라.
- 브라이언 트레이시 -

코로나 이전과 이후는 급격한 변화가 있어서 혼돈과 불안을 인정하지 않을 수 없다. 마치 산업 혁명 이후 사람들의 일자리를 기계가 대신하면서 일자리가 없어진다는 불안감에 떨던 혼돈의 시기가 있었지만, 결국 기계로 인한 대량 생산은 자본주의의 풍요로움을 누리게 해 주었고, 걱정하던 일자리는 새로운 일자리로 대체되면서 거의 해결되었다고 본다.

이처럼 코로나로 인한 현재의 불안과 위기감은 우리를 옥죄어 올 수 있지만, 현명하게 대처하면 더 큰 축복이 기다리고 있을 거라고 희망하고 싶다. 전화기가 없던 시절, 핸드폰이 없던 시절에도 인류는 잘 살아왔다. 현대인은 더 많은 것을 누리고 있다.

나는 S.N.S.가 있는데도 그동안 잘 활용하지 않고 바쁘게 살아왔다. 이제는 만남이 제한되고 활동이 제한되고 모든 것이 살아남기 힘든 상황으로 변화하고 있기에 살아남고자 발버둥을 친다.

'생존을 위해 목이 길어졌다'는 기린! 우리도 이 시대에 생존하기 위해 차츰 S.N.S.를 활용하는 부류에 속하기 시작했다. 활발히 움직이는 새로운 세상에 눈을 뜨고 기대에 찬 일상을 기록하며 성실하게 지내고 있다. 하루하루 작은 변화를 통해 큰 변화의 물결 속에서 살아남기를 희망하며 순응해간다. 오래오래 건강하게 살고 싶은데 장수할수록 급변하는 세상에 적응해야 인간답게 살게 될 것 같다.

아이들은 배우지 않고도 잘하고 즐기는 이 생활을 힘들어하면서 하다니?

마인드부터 리셋하고 어린아이처럼 겸손하고 순수하게 부지런히 받아들이고 배워나간다.

쓴 약이 몸에 좋듯이 습관이 안 되긴 했으나 디지털 시대에 반드시 활용해야 하는 모든 것을 기꺼이 받아들이고 고통을 즐기기로 했다. 답답한 순간들이 올 때마다, 나를 응원하고 보상해주면서 즐기면서 온전히 마스터하여 즐거워할 날을 상상한다.

나에게 S.N.S.의 중요성을 처음 알려주신 분은 피에르 이브 악또 교수님이다. IT 강국이 아닌 프랑스의 교수님, 이젠 정년 퇴임하신 교수님인데, 몇십 년 전부터 요즘 한국의 20대 수준으로 새로운 도구를 다루시면서 시대를 앞서가는 산 증인이었다. 새로운 도구에 익숙해지는 것은 현재에도 유익할 수 있지만, 특히 노후의 삶에 빛을 줄 것이라는 깨달음과 이 시대적 S.N.S.의 효율성을 활용할 줄 아는 사람과 전혀 안 하는 사람의 행복 공감 지수의 차이를 일깨워 주셨다. 현재는 아무리 거북이 속도로 나아가고 있더라도, 한 번쯤 누군가 알려주기만 했더라도 축복의 통로는 열린 것이라는 사실을 진정으로 공감하게 될 것이다. 보고 배우는 것이 산 교육이다.

크로아티아 – 챠이콥스키 부속음악원이 있는 도시 로브란

세상에 정답은 없다.
더 나은 질문만 있을 뿐

꿈과 현실 사이
- 경제적 상황

무모할 것 같은 일에 승부수를 띄워라.

- 지중해의 부자 -

인생을 바꾸려면 용기가 필요하다. 그렇다고 망상에서 나온 허황된 꿈을 좇는다면 도박처럼 중독성이 있고 영원한 위험 속에 뛰어드는 불나방 같은 인생이 될 수도 있다. 꿈과 현실 사이에서 꿈을 이루려면 현명함과 용기가 동시에 있어야 하는데, 둘 중 용기가 훨씬 더 우월한 힘을 발휘하는 것 같다. 나의 경험으로는 그러하다. 나는 본래 생각이 많고 돌다리도 두들겨 보고 가는 성격이다. 곱씹고 또 곱씹고 꼭꼭 씹어준다.

우리 집의 경제적 상황은 안정적이지 않았다. 가족들의 도움으로 용기를 내서 유학을 결심했을 때, 유학 도중 또 다른 경제적 어려움을 극복해야 했을 때 용기 하나로 만족스러운 인생을 살 수 있었다. 행복했다고 말할 수 있었다.

우리는 상식과 일상을 뛰어넘는 우월한 힘이 존재한다고 믿는다. 그 힘이 내면에서 올라올 때는 축복이다. 제정신으로는 모든 상황과 어려움을 다 재고 계산하고 곱씹다가 속 쓰리고 뼈가 삭을 것 같은 온몸의 통증과 깨질 듯한 두통이 오는 것이 지극히 현실적이고 일반적이라고 본다. 천재는 1%의 영감과 99%의 노력으로 만들어진다? 이 말의 깊은 뜻을 아는가? 여기서 말하는 1%의 영감이 없다면 99%의 노력은 힘없이 사라진다.

겨자씨와 같은 용기가 점화되어야만 화력이 일어나고 발전과 확장이 일어난다. 이 귀한 경험을 직접 했지만, 한동안은 용기가 발현되지 않는 시기가 있었다. 왜 그랬을까? 간절함의 부족일까? 좀 더 처절하고 궁지에 몰리지 않아서일까? 나이가 들어가니 두려움이 커졌을까? 알 수 없다.

중요한 포인트는 지금 이 순간 가장 필요한 것은 '용기'라는 덕목이라는 것이다. 열심히 살았지만, 용기가 결여된 긴긴 세월을 보내고 나니, 최근 들어 나를 돌아보는 시간을 점점 강도 높게 갖게 되었다.

꿈은 나의 심장을 뛰게 하고, 매 순간 살아있음을 알려 준다. 겁에 질려 안주하려는 사람에게는 큰 축복이 피해간다는 것을 알지만, 언제부터인가 그런 모습을 하고 있는 나에게서 탈출하려고 노력한다. 꿈과 현실 사이, 서서히 하나씩 현실에 얽매이는 것들을 놓아주기 시작한다. 새로움에 부딪히며 인생 후반부를 준비한다. 차츰 이 내면의 변화에 깊이 감사하며 행복하게 지내기 시작했다. 좋은 환경, 좋은 시스템에서 살 수 있는 방법을 모색한다. 언제나 기꺼이 나의 힘이 되어 주고자 하는 많은 분들이 있음을 발견해 가면서 기쁨을 품고 하루를 시작하자.

변화의 속도
- 결단력

평범에서 비범으로

-웨인 다이어-

'정답이 없고 더 나은 질문만 있다'라는 뜻은 보는 관점에 따라 바뀔 수 있다는 이야기로 해석될 수 있다. 바라보는 관점, 시야가 달라지면 장점, 단점도 달라지게 된다. 가장 크게 부각되는 면도 바뀔 것이다. 더 나은 질문을 시작해 본다. 우선 많은 질문을 시작한다. 그리고 더 나은 질문이라고 생각되는 질문의 순서를 정해본다.

이 방법은 나의 문제에서 나와서 조금은 객관적으로 바라볼 수 있게 도와준다. 지금 이 일을 꼭 해야 하는가? 왜 해야 하는가? 언제까지 할 것인가? 어떠한 방법으로 할 것인가? 궁극적 목적은 무엇인가? 공부를 한다? 공부가 끝난 후 그것을 통해 무엇을 하고 싶은가? 대학을 간다? 대학 졸업 후 무엇을 하고자 하는가? 부자가 되고 싶은가? 부자가

브레인 트레이너 자격증 과정

된 후 무엇을 하고 싶은가? 이사를 가고 싶은가? 그 후에 어떤 삶을 구상하는가?

『확신의 힘』 저자 웨인 다이어의 '평범에서 비범으로'를 실천해 보고자 한다.

오래된 관점을 버리는 것만이 소원을 이루는 비법이라고 말한다. 결국 소원이라는 것은 현재와는 다른 상태를 갈구하거나 너무나 행복한 상태를 유지하고 싶어 하는 마음이 아닐까? 보통은 현재를 만족하더라도 그보다는 발전되어 가는 상태를 소원한다. 즉, 다른 모습을 하려면, 바뀌어야 한다는 이야기다. 과거의 미련을 버려야 미래로 가는데, 미래를 희망하지만 과거의 몇 가지 사항에 대한 미련이 계속 발목을 붙잡기도 한다. 그것을 얼마나 빨리 얼마나 많이 비우고 놓아줄 수 있느냐? 즉, 결단력이라고 본

다. 결단력이 없으면? 망설이는 일이 많고, 변화는 없을 것이다.

결단은 두 가지가 있다. 첫 번째는 단칼에 끊어내는 단호함, 두 번째는 차츰 체계적으로 끊어내는 기획력!

두 번째의 경우는 진행 과정이 느리다. 그 다음은 비중의 비율을 맞추는 일이 꼭 진행되어야 한다.

일에 있어서 나는 플루트 전공을 했다. 그 후 지휘 전공을 했다. 오카리나 전문과정을 이수했다. 테라피 자격증, 메이크업 자격증, 웃음치료사 자격증, 통역과 번역, 융합컨텐츠학과에서 공부하고 뇌기반감정코칭학과 학사를 마쳤다. 브레인트레이너 국가자격증 과정을 이수했다.

명상과 호흡을 즐기고 글쓰기로 나를 디자인한다. 힐링타임을 갖고 표현한다.

쉽지 않다! 어렵다! 그 뜻은 '가능하다'를 내포한다. '불가능'이다 라고 들리는 사람은 변화가 없을 것이다. 절실한 마음으로 원한다면? 적극 도전하는 방법을 익히고 실천하면 된다. 변화의 속도를 내고 시간을 단축시키기 위해서는 전문 코치의 힘을 받아 움직이면 쉬워진다.

도전하고 극복하자.

전문가보다 창조자
– 융합콘텐츠 학과

정기적 목표, 이익, 우선순위를 매겨야 한다면

'전략적 질문'을 해야 한다.

– 판을 바꾸는 질문 –

연주 영상을 올리면서 디자인을 하고 편집하는 일은 물론. 플루티스트로, 지휘자로, 오카리니스트로 활동하고, 작가로서 책을 쓰고, 음악치료 강의를 하는 등 여러 가지 일을 하는 나에 대한 고민은 생각보다 짧은 시간에 과거가 되었고, 콘텐츠 주식회사처럼 살아가는 방법의 무기를 더 갖게 된다는 확신이 들었다.

현시대에는 전문가가 되는 것은 특별한 것이 아니라 기본이다. 기본을 갖춘 사람들이 너무 많아서 전문가로서 독특함을 가지고 움직여야 한다. 융합 창조하는 과정에서 서투르면 오히려 이도 저도 아닌 정체성 혼란이 올 수도 있다. 개성과 매력이 넘치는 전문가로 살아가면서 창조는 조금씩만 가미하면 된다.

'할 수 있다'

'배우고 나면 큰 힘이 된다'

'작은 성공은 큰 성공을 부른다'

'용기를 가지고 도전한다'
'하고 나면 별것 아니다'

두 가지를 융합하려면 두 가지 성질의 재료를 불에 넣고 굽는 도자기처럼 마음을 쓰는 온도의 변화를 주어 새로운 형태를 만들어 가면 된다. 처음부터 완벽한 것은 없다. 계속 시도한다. 도전한다.

융합콘텐츠 학과의 수업을 들으면서 응용력을 발휘해 보았다. 상상하고 또 만들어 본다. 기록한다. 전문가와 창조자 사이를 좁혀가는 것은 충분히 가능하다. 관심을 갖고 질문해보자. 첫 질문할 때와는 다르게 질문도 다양하게 계속 하다 보면 해결의 실마리에 가까이 가고 있다는 것을 체험하게 된다.

가장 중요한 일은 무엇인가? 지금 나는 왜 이 일을 하는가? 어떻게 진행시킬 계획인가? 어떻게 하면 신중하면서도 빠른 결과를 낼 수 있을까? 매일 같은 질문을 하고 답을 쓰는 노트를 하나 준비해서 작성한다. 답이 일정한가? 변화하는가? 벌써 좋은 경험은 시작되고 있다. 같은 질문도 좋으니 매일 질문하는 것을 생활화해 보기 바란다.

스마트하면 쉬워진다.
책을 쓰고 글을 쓰는 일이
융합할 수 있는 아주 좋은 방법 중 하나라는 사실
알게 되니 행복하다.

모두가
잘 안 하는 것을 하라

강한 매력
- 유학의 길에 오르다

"놓치고 싶지 않은 나의 꿈 나의 인생"

- 나폴레온 힐 -

내성적이고 말도 거의 없고 과묵했던 내가 남 앞에 서고 표현하는 것을 즐겨야 하는 음악 전공을 결심했다. 그중에서도 조금만 마음이 흔들려도 그대로 다 드러나고 소리로 반영되어 나타나는 악기 플루트를 하다 보니 내 안에서는 전쟁터 같은 일들이 벌어지고 있었다. 좋아한 만큼 지불해야 하는 것이 컸다. 그 이겨내야 하는 과정이 통증으로까지 오는 단계에 이르렀다. 이를 보다 못한 엄마는 미술과로 전과하면 어떨까? 라는 제안을 하시기도 했다. 그때 상당히 과묵하고, 좋고 싫음의 표현이 없고, 표정의 변화도 크지 않아 무슨 생각을 하는지 알 수 없었던 내게서 의

외의 단호한 반응이 나왔다. 그대로 이 전공을 살리겠다고!!

　사실 그런 제안을 받을 만한 스토리가 있다. 워낙 잠이 많기도 하고 잠을 즐겼던 나는 플루트를 시작한 이후 항상 잠이 부족해서 삶이 잠과의 투쟁이었다. 하물며 플루트를 불고 있으면서 동시에 꿈나라에 있었던 정말 믿기 어려운 상황도 종종 있었다. 대신 미술 숙제가 있으면 1개만 해도 되는데도 앞장서서 3개씩 밤샘 작업을 하면서도 하나도 졸리지 않았고 그다음날도 못 잔 잠을 보충해야 하는 일이 거의 없이 오히려 정신이 맑아지고 컨디션도 잘 유지가 되었던 것이다. 성격도 내성적이었던 만큼 무대에서 하는 음악보다 조용히 혼자 자기만의 세상에 빠져 할 수 있는 미술이 적성에 맞아 보였을 수도 있다.

　그래서 요즘은 오히려 간혹 생각해볼 때가 있다. 그때 미술을 전공했으면 어땠을까? 그림을 그리면서 순조롭게 흐르는 바이오리듬에 맞추어 그렇게 행복했으면서 왜 한번쯤 깊이 고려해보지 않았을까? 설명할 수 없는 그 무언가가 있는가 보다. 많은 우여곡절 속에서도 고민 없이 플루트 전공을 그 오랜 시간 했으니 말이다.

　그렇게 흔들림 없이 한 우물을 파고 진지하게 플루트는 나의 분신이라고 생각하면서 잘 지내고 있었다. 때마침 좀 더 강한 위기가 왔다. 아빠가 하시던 사업이 어려워졌던 것이다. 상황이 다시 좋아질 때도 있었으나 가족을 불안하게 하는 상태가 자주 왔고, 이에 전교 1등을 하던 남동생은 부모님께 "나는 검정고시 해도 괜찮으니 누나는 꼭 플루트를 배우는 것이 끊기지 않게 어떻게든 서포트해 줘야 한다."고 간곡히 부탁하였다. 누나가 갑자기 플루트를 못 하게 되면 정신적 충격으로 큰 문제가 생길 것 같아 보인다고 염려했다고 한다. 쉽게 말해 플루트를 밤새 불고 있는 상황인데 못 하게 하면 미칠 수도 있지 않을까, 뭐 그런 생각인 셈이다. 2살 아래 동생인데 나이에 비해 성숙하고 배려심도 컸다. 나중에 알게 된 이야기이지만 지금도 가슴 뭉클해지는 감동 스토리이다.

그 후 진짜로 우리 집 경제 상황이 더 이상 플루트를 전공할 수 없을 만큼 힘들어지게 되면 비행기 티켓하고 2~3개월 숙식비만 보내주면 유학 가서 스스로 아르바이트해서 벌면서 꼭 잘 살겠으니 그러니 아무리 최악의 상황이 벌어져도 걱정마시고 꼭 거기까지만이라도 가능하게 서포트 해달라고 간절히 소원을 빌듯 얘기하곤 했다. 그때의 나는 중학교 2학년의 어린 나이에 용감하고 단호했다. 그렇게 한결같은 마음으로 살다가 고등학교 3학년을 마치고 수차례의 다짐을 하고 결심이 무르익어 자타가 인정하는 때를 맞이하고 유학의 길에 한걸음 성큼 다가서게 되었다.

인생의 타이밍, 물이 충분히 차오를 때까지 부지런히 준비하자.

버킷리스트
- 오케스트라 창단, 지휘

"나는 살아오면서 버킷리스트를 종이에 썼다.
몇 달 후 혹은 몇 년 후, 그것이 실현된 것을 수없이 체험했다"
- 150억 부자의 부의 추월차선 -

버킷리스트 - 죽기 전에 꼭 해 보고 싶은 일들을 적는 목록

한때 유행이었다. 지금도 유행이다. 전파력이 크다. 직접 적어 보았는가? 몇 가지를 적었는가? 죽기 전에 하고 싶은 일을 떠올려보는 시간을 갖게 되는 것이 축복이다. 그때부터 상상은 시작된다. 상상하는 것은 현실이 된다. 얼마나 자주 얼마나 구체적으로 얼마나 간절히 가슴속 깊이 파고드는 상상을 했느냐에 따라 현실로 다가오는 시간이 단축된다. 일단 적고 상상의 스토리를 만들어 가고 다시 기록한다.

나는 유학 가기 전에 박은성 선생님 지휘하에 코리안 심포니 오케스트라와 협연을 하고 서울예고 수석 졸업 연주로 예술의 전당 콘서트홀에서 서울예고 오케스트라와 협연을 했다. 또한 서울시향 소년소녀교향악단 수석으로 세종문화회관에서 연습하고 활

동을 했다.

　귀국 후에는 서울심포니, 뉴서울 필, 모스틀리, 서울오케스트라, 양주시오케스트라에서 수석, 수석 대우로 연주하고 대전시립에서는 객원 수석으로 연주하기도 했다. 협주곡은 '오케스트라와 함께하는 곡'이다. 예원학교에 입학할 때부터 지금까지 평생토록 가장 많이 연주하고 가장 많이 레슨하는 곡은 '모차르트 플루트 협주곡'이고 듀오 협주곡으로는 '치마로사 플루트 두 대를 위한 협주곡'이다. 장 피에르 랑팔, 제임스 골웨이, 엠마뉴엘 파후드 등 세계적인 플루티스트들이 이 곡을 연주했지만 유명한 아티스트들만이 이 곡을 하는 것은 아니다. 취미부터 전공자까지 다하는 중요한 레퍼토리 중 하나이다.

　이렇게 연주경력을 쌓으면서 은연중에 지휘자라는 위치가 내눈에는 끌렸고 하고 싶었다. 산타 체칠리아 국립음악원에서는 기

서울예술고등학교 플루트 수석 졸업 연주 - 예술의전당 콘서트홀

초부터 지휘를 배운다. 노르마 일 세미나리오 아카데미에서 석사를 하면서 이러한 꿈을 구체적으로 실현할 수 있었다.

나는 꿈을 가슴에 품고 있었지만, 과묵한 성격에 아무에게도 말하지 않고 품고만 살고 있었다. 자세히 들여다보니 오케스트라 운영은 아무나 하는 것이 아니었다. 변수도 많고 신경 쓸 일도 많다. 그래서 과연 내가 할 수 있을까?라는 생각이 들었다. 그럼에도 불구하고 하고 싶은 마음은 계속 있었다. 어려운 현실과 원하는 마음 사이에 자연스러운 계기가 생겼다.

평소 관심이 있던 학부모님들은 흔쾌히 요청을 들어주시며 새로 창단한 서울유니버셜플루트오케스트라에서 활동하는 것이 더 좋다고 하셨다. 곧이어 서울유니버셜오케스트라와 청소년 오케스트라 활동도 시작되었다. 앙상블 활동도 가능했다. 돌아서 온

서울유니버셜플루트오케스트라와 피콜로 협연 연주

것 같지만 결국 지나고 보니 가슴에 깊이 새겨진 버킷리스트 중 하나가 실현된 셈이다.

많은 사람들이 하지 않는 나만의 독창성을 추구해나간다. 나의 일, 남의 일 구분하지 말고 즐겁게 하는 것이 정말 중요하다는 사실을 알게 되었다. 그렇게 하다 보니 남이 잘 안 하는 일도 쉽게 나의 것이 되는 경험을 한 것이다.

소속의 끌림과 도전적 경험이 인생 고속도로를 놓아주는 다리가 될 수 있다.

현재 나의 버킷리스트는 구체적으로 작성되었는가?

글로벌사이버대학교
- 힐링뮤직 오카리나 연주법

Oca(거위) + Rina(작고 귀여운)

= 작은 거위의 모양을 칭하는 이탈리아어로 된 악기 이름

힐링뮤직 = 치유하는 음악

앞으로의 세상은 취미가 직업이 될 수도 있다. 새로운 인생 기획을 할 때는 진지하지 않게 우연히 시작한 취미생활이 기회를 가져다 주는 가능성에 주목할 필요가 있다.

다양한 관심을 가지고 있던 일상 속에서 오카리나 연주회를 초대받아 간 적이 있었다. 악기가 쉬워 보이고 재미있을 것 같아서 가벼운 마음으로 시작해 보고 싶었다. 우선 청자로 된 연주용 오카리나를 구입하게 되었다. 소중히 다루고 연주하는 날을 상상하며 보기만 해도 기분 좋은 오카리나를 기쁜 마음으로 챙겨왔다.

간혹 용기 내어 플루트 연주를 할 때 간단한 곡들을 MR 반주에 맞추어 시도해 보기 시작했다. 곧이어 중앙대학교 평생교육원 오카리나 과정을 이수하게 되었다. 이 시기도 발을 다쳐서 목발을 짚고 다니면서 바쁜 와중에 새로움을 찾아 힐링하고자 기꺼이 시간을 내었던 것이다. 드디어 졸업 연주회를 잘 마무리하고 학사모를 쓰고 졸업식에 이수증을 받게 되었다.

그렇게 처음엔 단순히 좋아서 시작했던 일인데 점점 발전하면서 드디어 글로벌 사이버 대학교 힐링뮤직 오카리나 연주법을 강의하게 되었다. 이 학교는 방탄소년단의 멤버들이 나온 학교로 유명하다. 진지하게 계획하고 미래를 설계하고 피땀 흘려 노력한 일들만 나에게 행운으로 다가오는 것은 아니다. 그냥 즐거라. 인생 행복하게 살자. 그 자체가 행운이고 더 큰 만족감을 불러와 줄 수 있다는 것을 체험했다. 특히 이 과정은 국가장학금 신청도 가능하기에 적극 추천한다.

좋은 정보를 받아서 나만의 공간을 디자인하는 데 적극 도전한
다. 꿈의 바다에서 센 물결을 이겨내고 나갈 수 있는 노를 갖는
행운! 강자로서 살아남을 수 있는 축복이 임할 수 있다. 가볍게
취미 삼아 시작한 일이 나의 일이 될 수 있는 경험을 독자들도 함
께 할 수 있기를 바란다. 취미로 하더라도 그 시간만큼은 진지하
게 멋지게 해 보기를 바란다.

시작이 반이다. 1년 전 한 손 안에 들어가는 작은 악기를 하나
시작했다면, 지금의 나는 어떤 모습일까? 쉽게 시작해서 미래가
달라질 수 있다면? Why not? 꼭 시간을 내서, 인생의 동반자가
되어줄 악기를 골라보자. 나를 힐링해 줄 악기를 하나 골라보는
재미! 예상하지 못한 풍요를 더해 줄 것이다.

오카리나. 이래하

마음은 머리보다
백만 배 더 강한 힘을 가지고 있다

심장을 뛰게 하는 일
- 자연스러움 속 명분 찾기

"자연스러운 느낌이 드는가?"

-『확신의 힘』 속 확신하는 대로 살기 위한 7가지 질문 중-

사람들의 가슴속에 열정을 살아 숨 쉬게 하는 원동력은 어디서 올까? 야망일까? 소박한 일상일까? 무엇이든 영혼과 육체의 조화 속에서 이루어질 텐데, 쉽고 자연스러운 것이 좋다. 시작점은 먹는 즐거움, 목소리를 내서 소통하는 흐름 속에 몸을 맡기는 것.

불과 몇 년 전만 하더라도 나는 이상주의자로 살아왔다. 심장이 뛰게 하는 일! 공연장을 떠올렸고, 사회적인 인정을 받는 일을 상상했고, 보람 있는 제자 양성, 학계에 필요한 일 등이었다. 지금도 비슷하긴 하지만 차이점을 찾는다면 조화를 이루기에는 2%

부족한 갈증을 느끼기 시작했고, 그 갈증은 점점 더 강하게 다가왔다. 평범함 속에 성숙해지는 필요를 채웠을 때 오는 힘! 지렛대 역할을 할 수 있는 엄청난 도구가 한쪽으로 조금은 치우치게 성장해 온 나를 들어 올려 주고 싶어 하고 있었다.

평소 심심하면 하던 간단한 요리, 김치 담그기, 효소 담그기, 유학 시절 많이 했던 샐러드 만들기는 항상 즐기는 일은 아니지만 '필' 받아서 할 때 하던 일이었다. 이렇게 기분 좋아지는 일을 자처했던 기억이 난다. 또한 나이가 들어가면서 별 의미 없이 시간 허비라고 생각해 왔던 수다가 어느 날부터 '일상에 지쳐 무엇으로도 채워지지 않는 체력 보강'까지 가능함을 확실하게 체험하게 되었다. 드디어 철이 들어간다. 말보다는 글로 푸는 것이 좋겠다. 그리고 말하는 법도 배워 가야겠다!라는 감이 잡히기 시작했다.

원래 살아오던 나의 생활 패턴과 새로운 생활 패턴 사이에서 자연스러움을 찾자. 심장이 뛰는 일의 명분을 찾기 바란다. 의지를 가지고 미지의 세계로 힘차게 떠나는 여행을 시작하라!

머리보다 강한 엔진!
마음의 엔진을 장착하고 출발해 보자. 설렘으로 가득 찰 것이다.

신비한 끌림
– 나만의 보석 찾기

잠재의식과 창조적으로 협력하기 위한 실천 전략
"누워있는 것만 빼고 뭐든 다른 행동을 하라"
– 웨인 다이어–

오감(시각, 청각, 후각, 미각, 촉각) 중 시각은 가장 직관적인 강력한 힘을 가지고 있다고 한다. 사람마다 타고난 성향 선천적 기질이 있다. 어른이 되어서도 매일 한 줄 한 단어라도 나를 돌아보는 시간을 가진 후 일기를 쓰는가? 때론 잠수 타고 싶은 심정을 느끼는가? 혼자 깊은 생각에 잠기는가?

내게 초등학교 시절 창밖의 장마철 비를 바라보며 한참을 생각 속에 빠져 들어갔던 기억은 강한 이미지 컷으로 선하게 남아있다. 그때 그 느낌으로 한동안 살아온 것 같다. 고민하고 찾고 철학 책도 많이 읽고 노력했다. 아지랑이 같이 피어오르는 알 수 없는 무언가를 향해 잠자리처럼 여기저기 자유로운 영혼이 되어 나를 찾고자 했던 것 같다. 생각하는 것을 즐기고 깊은 생각에 잠기는 것도 좋아했다.

이후 또 다른 나를 발견한다. 미술 시간에 숙제를 받으면 밤새 그림을 그리기 시작했다. 한 개만 해도 되는데 여러 개를 해야 한다고 선의의 거짓말까지 하면서 계속 그리고 싶어 했다. 혼자 있는 것을 좋아하고, 생각에 너무 깊이 빠져 들어가는 성향이라 가볍고 밝은 느낌이 아니라 무겁고 살짝 미스테리한 속을 알 수 없는 캐릭터의 소유자였던 내가 그림을 그리면 밝아지기 시작했다.

가장 좋아하는 취미는 세계 지도와 미키마우스 그리기였다. 창조보다는 모방이 재미있었다. 접시 위에 그림 그리기, 판화, 수채화, 포스터 등 할 때마다 꼬리에 꼬리를 물고 들어오는 해결되지 않는 생각들을 씻은 듯이 잊고 하는 작업시간은 천국에서 사는 느낌이었다. 가히 황홀경에 빠지는 시간이었다. 당연히 피곤함을 못 느끼고 밤을 새도 그다음날 재충전이 필요하지도 않았다. 그림 그리는 시간에는 신비한 끌림 속에서 물 만난 고기처럼 신나 했다.

동기부여가들의 강의를 듣고 책을 읽고 소원을 100번 쓰기 하는 분들도 많아지고 있다.

좋아하는 컬러펜으로 필사해 보는 것도 좋다.

활용할 수 있는 다양한 방법들을 총동원해보자.

일상을 예술로 승화시키는 노하우를 실천해 볼 수 있다.

선천적 기질과 성향에 보색이 되어 오는 활동이 있다. 왠지 모르지만, 스트레스 해소 방법을 찾아 노력했건만 무거운 어깨를 그대로 가지고 사는 이유는 무엇일까? 자신의 보색을 찾고자 한다면 언제든지 생활 힐링 방법을 컨설팅 받고 자신의 색을 찾기 바란다.

요동치는 감정
- 아로마 테라피

느낌을 바꾸면 운명이 변한다.

- 웨인 다이어 -

무언가를 지식적으로 아는 것과 영적으로 아는 것은 완전히 다른 것이다. 오감(시각, 청각, 후각, 미각, 촉각) 모두를 만족시켜주는 균형을 이룬다면 행복할까? 그중에 요동치는 감정을 온화하게 해주고 두려움이 엄습하는 무게에서 탈출하고자 할 때는 호흡 조절이 되어야 한다.

모든 사물을 향기를 가지고 있다. 사람에게도 향이 있다. 좋은 향이 나기도 하고 불쾌한 향이 나기도 한다. 우선 불쾌한 향을 없애기 위해서는 내가 있는 공간을 청소하고 정리를 한다. 나는 샤워를 하고 몸과 마음을 단정하게 한다. 환기를 한다. 특별히 좋은 향기가 아니라, 악취를 없애주는 것만으로도 테라피는 시작된다.

새로움! 제로 0의 상태에서 시작한다. 기분 좋은 향기, 아로마로 테라피를 시도해보자.

상쾌하고 정화된 느낌! 여행 갔을 때의 그 느낌! 그대로 유지하고 싶어서 미국 여행 갔을 때 다른 쇼핑은 안 하고 아로마만 가방 한가득 채워온 적도 있다. 커피처럼 아로마도 먹을 수 있는 최상급 아로마가 있고, 그 다음은 몸에 바르거나 향기를 맡을 수 있는 아로마로 등급이 나뉜다. 안과 밖의 어울리는 향기를 찾아 황금 비율로 사용하면 기분은 확실하게 달라진다.

향기를 사용한 양과 시간을 기록하는 작은 향기 일지 수첩을 만들어서 기록해 보자. 아로마테라피 전과 후의 기록들을 보면 꾸준히 적절히 잘 사용하는 노하우가 생기게 된다. 코로나 이후 환기가 얼마나 중요한지 모른다고 말하는 사람은 없을 것이다. 이제는 전 세계인이 공감하는 바이다. 먹는 것보다 숨 쉬는 것이 더 중요하다. 당신은 유통기한이 지난 공기 속에 있는 것은 아닌지? 유통기한이 지난 향기 속에 살고 있는 것은 아닌지?

환기하고 호흡하고, 후각을 자극하는 고급스러운 라이프 스타일을 즐겨본다. 새로운 차원의 하늘을 보게 될 것이다. 마음의 힘이 질서를 찾지 못하고 마구 요동칠 때, 호흡기와 피부를 통해 들어오는 향기 요법으로 마음의 땅을 고르게 만들어주는 작업을 한다. 향기가 있는 곳을 찾아 나갈 수도 있고 실내에서 향기를 나에게 줄 수도 있다.

　강력한 도구가 '감정'이라는 것을 알았다면 어떻게 해야 할까? 감정 소모로 지치지 말고, 감정이 제 기능을 잘 할 수 있게 하는 '노하우'를 찾아보자. 예전의 나보다 백만 배 강한 능력을 발휘하는 사람으로 상승 곡선을 타고 살아가게 될 것이다.

One Asia Festival 서울유니버셜청소년오케스트라 지휘

두려움은
내가 살아있다는 증거이다

망설임
- 대인관계

남들의 사랑과 기도에 간섭하지 말라.

남들이 어떻게 사랑하고 기도하든

그들한테는 적절한 것임을 알아 존중하라.

-「큰 방황은 큰 사람을 낳는다」-

상처란 숨기고 싶고 피하고 싶은 것이다. 관계 속에서 일어나는 일이다. 하지만 관계라는 상황은 모든 상황이 새롭고 다르다. 그렇기 때문에 기록하는 것이 좋다. 관계 지도를 그린다. 균형 잡기를 위한 노력을 해야 한다. 이 관계에서의 넘치는 것과 부족한 것을 찾는다.

나는 어려서부터 말이 적고 혼자만의 시간을 즐기고 유년기에는 첫 외손녀여서 더욱 그러했다. 외할아버지, 할머니, 가족, 친지, 동네 분들한테까지 사랑을 듬뿍 받고 자랐다. 친구들과 놀면서 싸우기도 하고 그래야 하는데 그럴 일이 없었던 것이다. 엄마 아빠와는 떨어져 있었지만 풍요로웠던 어린 시절은 사회생활 경쟁 구도에 놓였을 때 혼자 있고 싶어 하는 경향이 강한 아이로 성장하도록 했던 것 같다. 상대가 치사하다, 유치하다는 생각이 들면 싸우기보다는 피하고 싶어했다.

외부에서 일어난 사건에 의한 나의 감정! 그것을 대하는 나와의 관계에서도 망설임은 존재한다. 망설임은 시간을 잡아먹는 악마와도 같다. 부족해도 안 좋지만 과해도 안 좋다는 것은 모두가 공감하는 일이다. 자아감이 '망설임'으로 눈덩이처럼 커지고 있다? 왜일까? '두려움'이 커서 그런 것이 아닐까? 나도 모르는 사이, 무의식중에 너무 잘하고 싶고, 완벽하려고 하는 심리가 오히려 방해를 하고 있는 경우가 많다. 일치된 한 마음을 가진 관계를 통해 행복을 느낄 때도 있지만, 늘 그런 것을 꿈꿀 수는 없지 않은가?

즐겁게 살자. 순간의 재치를 길러보자. '망설임'과 '주저함'을 깨고, 테니스 라켓에 터치되는 공처럼 멀리 방향을 바꾸어 여행해 보자. 새로운 세상이 나를 기다리고 있다.

쾌감
- 크로아티아에서의 평화

집중: 어느 쪽으로도 치우치지 않음.
전체적으로 행함이 완전히 자유로운 행위이다.
─『큰 방황은 큰 사람을 낳는다』─

천재들이 있다. 영재들도 있다. 재능이 뛰어난 아이들이 있다. 보통 평범한 부류가 있다. 재능이 없고 의욕도 적은 경우도 있다. 장애우도 있다.

피겨의 여왕 '김연아'는 천재! 영재!라고들 한다. 하지만 처음부터 마음 씀씀이도 천재! 영재!였을까? 욕심이 많고 목표가 높을수록 순탄치가 않다. 좌절하고 힘들 때마다 이겨내는 강한 자아를 길러 준 훌륭한 '오서' 코치를 비롯해서 그 외 우리가 다 알 수는 없지만 실제적인 힘이 되어 주었던 무언가가 분명히 존재할 것이다.

세계적인 여성 강연가 '오프라 윈프리'는 경찰서를 들락날락하며 누구도 이끌어주지 않는 밑바닥 인생을 살았다고 한다. 그러던 어느 날 한 경찰관이 당신은 아주 잘될 거라고 하면서 나중에 잘되면 나를 기억해달라고 사인을 받았다고 한다. 그 일이 변화의 큰 힘이 되는 씨앗이 되어 현재의 오프라 윈프리가 될 수 있었다고 한다.

대인 관계도 적극적이지 않고 남의 시선을 받는 것을 좋아하지도 않았던 내가 스스로 플루트가 좋고 이 악기를 통해 고독함, 답답함, 불안함, 두려움 모든 힘든 것을 이겨낼 수 있다고 느낄 만큼 사랑했다. 하지만 그만큼, 콩쿠르에 나갔을 때 번호표를 뽑고 대기하다가 심사위원 앞에서 연주하는 그 순간 '덜덜덜' 옷이 떨리는 것이 멀리서도 확실히 드러날 정도로 심하게 떨곤 했다. 어쩔 수 없이 직면해야 하는 이 현실적인 문제에 대해 연구하고 연습한 대가들의 비법은 뭘까? 하면서 긴 세월을 보냈다. 그렇게 발견한 나만의 방법은 콩쿠르에 나가기 바로 전까지 눈감고 심호흡하거나 자는 것이었다. 이는 최대한 평안한 숨을 쉬고, 과도한 긴장을 잊기 위한 방법이었고, 잠재의식과 소통하는 연습을 하기 시작했다. 이후 이탈리아, 스위스, 프랑스에서 유학하면서 대가들의 가르침을 받고 수많은 야심 찬 플루티스트들과 함께하면서 어느 경지에 도달하기 시작하며 트라우마를 극복하기 시작했다.

크로아티아에 갔을 때는 외부의 세계와 격리된 느낌이었다. 유럽과는 약간 빛깔이 다른 동유럽의 에메랄드 빛 바다와 눈 덮인 산은 너무나도 아름다웠지만, 교통이 좋은 곳이 아니고 외딴 섬 같은 느낌을 주는 그런 곳이었다. 연애인 합숙과 같은 생활, 올림픽 선수촌과 같은 생활을 하면서 나 자신을 돌아보고 특별한 사이클 안에서 몰입하다 보니 안정을 찾고 노하우를 터득하게 되었다. 실내에서도 야외에서도 어디서도 연습을 무한대 할 수 있었다. 로브란은 이탈리아 수상도시 베네치아의 바다 건너 맞은편에 위치한 아름다운 청정 소도시였다. 아름다운 자연 속에서!

"다 가질 수 있다. 단지 한꺼번에는 안 된다."(오프라 윈프리)

한꺼번에 모든 소원이 다 이루어질 수는 없다. 이 사실을 모르는 사람이 있을까?
그런데 왜 만족하지 못할까?

이 글을 읽은 모든 분들은 아래의 글 한 문장을 황금알을 낳는 거위라고 생각하고 필사 100번은 시도하기 바란다. 알고서 살아가는 특권을 누리기 바란다.

"다 가지고 싶은가?"
"그러면 조급함을 버리고 부지런히 어제보다 더 만족하는 오늘의 내가 되어 살자."

도전
- 국경을 넘는 스릴

"긴장하지 마라. 휴식하고 긴장을 푸는 순간 그대는 안다.
목적지를 향해 자신이 벌써 달려가고 있고, 다가가고 있음을"
―『큰 방황은 큰 사람을 낳는다』―

심장을 뛰게 하는 일. 꿈을 가지고 국경을 넘는 설렘. 개척하는 기분으로 도전하는 날. 나는 이탈리아에서 스위스로, 스위스에서 프랑스로, 프랑스에서 크로아티아로, 크로아티아에서 다시 슬로베니아로 움직이면서 유라시아, 동유럽, 서유럽인들, 그 외의 다국적 사람들과 소통하게 되었다.

물론 처음 적응하는 데 들이는 노력과 땀은 이루 말할 수 없다. 특히 언어를 극복해야 하는 현실 속에 기본을 위해 쏟는 에너지는 상상을 초월할 정도의 큰 벽을 뚫는 힘을 길러야 한다. 나라가 바뀌면 새로운 시작점이 되는 것이다. 당시는 쉬지 않고 달리는 맹수처럼 젊음이라는 패기로 가능했었다. 하지만 그때마다 심적으로 부담감을 이겨내야 하는 내면의 힘이 부족한 건지 홀로서기의 연속이어서 그런지 여드름이 온 얼굴에 심하게 퍼졌다.

그래서 나를 돌아보고 안정을 취할 수 있고 편안한 마음으로 여유를 찾기 위해 친구들과 담소를 나누고 마음의 안식처를 찾으며 힐링할 수 있는 방법들을 찾기 시작했다. 외국인 소녀가 홀로서기를 하고 있어서인지, 다들 따뜻하게 대해주고 친구들도 자기 가족들과 함께 반겨주었다. 가톨릭과 개신교의 사랑 나눔, 베풂, 박애정신을 생활 속에서 실천하며 살아가는 사람들! 이러한 나눔이 전통적인 문화로 자리가 잡히면서 자연스러운 의식으로 가지고 사는 사람들이라는 것이 그대로 풍겨나왔다.

두려움을 희망으로 바꿀 수 있는 지혜를 얻는 것은 뿌리내릴

옥토를 가꾸는 작업 과정이다.

　관악기를 배워본 적이 있는가? 보통 "입에 힘 풀어!"라고 한다. 왜냐하면 복식호흡을 통한 압력의 힘으로 공기를 보내주면서 소리를 내는 원리인데, 악기를 물고 있는 입에 힘을 너무 주게 되면 '이탈음', 소위 말하는 '삑사리'가 나오게 된다. 즉 다시 정리하면 '쓸데없는' 힘만 빼면 된다. '긴장'은 '삑사리' 초보자들이 내는 소리이다. 기본적으로, 자체 근육은 있어야 아름다운 소리가 나는 원리이다. 이탈음은 탄력 조절이 부족해서 생기는 현상이다.

　기본 속도를 내면서도 충분히 조절하며 즐기면서 섹시하게 운전하는 카레이서처럼 원하는 대로 컨트롤할 수 있다면 얼마나 좋을까? 멋진 모습을 목표로 매일 스릴 넘치게 살아 보자.

이탈리아 피렌체

문제,
간절함의
씨앗이
되다.

고민이
없다면

발전도
없다.

Chapter 2

누군가
나의 가치를
인정해
주기를
기다리지
마라

모두 같은 세상을
사는 것은 아니다

타임머신
─동창회

뿌린 대로 거둔다

─ 속담 ─

　그리움은 향수를 불러일으킨다. 모든 인간은 은연중 뿌리를 찾게 된다. 고향이 그리워지고 옛 친구들이 무의식 속에서 떠오르기 시작한다.

　마흔이 넘은 어느날 추운 겨울, 광화문에서 서울예고 동창 몇명이 모임을 시작하려고 한다는 소식이 들려왔다. 순수하게 끌리는 마음에 흔쾌히 참석하겠다고 하고 발걸음을 옮겼다. 친구들이라고 하지만 사교적이거나 친한 친구가 많았던 게 아니라서 살짝망설임도 있었지만, 너무 오랜만이니 그냥 궁금했다.

"어떤 모습으로 나올까? 얼마나 변했을까? 그대로일까? 친구들이 나를 알아볼까?"

어렸을 때는 친구지만 경쟁상대였고, 새침 떼고, 이기적이기도 하고 속마음을 여는 것이 쉽게 되질 않았었다. 살짝 마음 맞는 친구들끼리만 어울렸다고 해야 될까? 그런데 이제는 세월이 지나고 나니 서로서로 오픈 마인드로 다가서는 분위기였다. "요즘 어떻게 지내? 그동안 어떻게 지냈어?" 이렇게 시작하니 술술 풀리는 흥미로운 이야깃거리들이 많이 나왔다.

평소에 이미 만나고 있던 단짝 친구들은 꼭 붙어서 스스럼없는 편한 풍경을 만들어주어 점점 무르익어가는 활기를 띠우는 데 한몫을 했다. 그렇게 시작된 작은 모임에서부터 동창회가 조직이 되고 100명이 넘는 친구들이 한 방에서 대화하는 카톡방도 만들어지고 정기적으로 번개처럼 모이기도 하고 함께 의견들이 오가고 음악회를 기획하고 구상하면서 진취적인 움직임과 교류가 시작되었다.

경조사도 챙겨주기 시작했다. 우리가 지금은 이렇게 뿜뿜 서로들 잘 지내지만 한두 번 이러다가 열정이 식지 않을까? 했는데 몇 년이 지나고 여전하다. 역시 우리 동기들 참 대단하다. 이젠 더 이상 경쟁이 아니고, 서로 진심으로 격려하고, 아주 사소한 일이라고 좋은 소식을 들으면 마치 내가 한 일처럼 친구를 통해 자부심을 느끼는 그런 공감대가 형성되었다. 상대적으로 의기소침해지고 부러워하기보다는 "그 친구가 나의 동기 동창이야!" 하면서 자존감까지도 올려주는 긍정적 시너지 효과까지 있었다. 동창들을 만나기 시작하면서 타임머신을 타고 과거와 현재와 미래를 오가는 것 같은 조금은 신비로운 설렘도 생겼다.

인생은 자전거를 타는 것과 같다. 친구들의 부와 명예, 다채로운 행복감을 보면서 오히려 열정을 품었던 10대를 추억하며 더 큰 자극이 되어 지친 마음을 달래줄 수 있었다. 종종 외국에서 거주하고 있는 친구들도 잠깐 한국에 들어오면 모임에 나와서 애틋한 마음을 그대로 다 보여주고 가기도 했다.

이렇듯 계속 인생 페달을 밟는 것이 조금은 힘들어지기 시작한 즈음, 각기 다른 삶을 살아오고 있는 친구들을 만나 여러 편의 영화를 보듯 살아가는 이야기를 들으면서 함께 페달을 밟는 연대감을 갖게 되었다. 학창 시절과는 달리 각기 다른 삶을 살고 있다. 그렇기에 함께하는 시간이 더욱 귀하고 소중했다. 다름 속에서 같은 점을 찾을 수 있게 하는 '소속감'은 버팀목이 된다. 우리의 자리를 묵묵히 지키고 열심히 살아내면 된다. 나이가 들수록 내 자랑보다는 주변 자랑이나 기부, 공헌, 영향력 등을 얘기하게 된다.

누군가가 나를 인정을 해 주기를 너무 바라지 마라. 단 한 명도 같은 인생을 살 수는 없다. 가치 기준은 달라질 수도 있고 점점 높아질 수도 있다. 인정의 욕구는 있지만, 그에 치우치지 않도록 하자. 남의 칭찬이나 인정에 의해 움직이지 말자. 어떤 성취가 있기 바로 직전 남을 의식한다면, 마감 기한이 느려지고 흐려지는 경험을 할 수도 있기 때문이다. 토끼와 거북이의 경주에서 토끼의 모습을 하고 있지는 않는지?

사람은 경쟁 구도나 위기감이 있을 때는 더 빨리 꾸준히 해내게 되기도 한다. 하지만 겸손하게 목표 깃발 직전까지 꾸준히 계속 움직이는 거북이 같은 모습을 갖자. 의식 상태에 따라 이렇게도 반응하고 저렇게도 반응하는 스스로를 바라보기 바란다. 가치를 인정해 주는 것은 양심의 손을 얹고 남이 아닌 나 자신이어야 한다.

흔들리지 않는 가치 기준은 시간을 알차게 사용하는
지혜를 안겨다 줄 것이다.
행운의 주인공이 되길 바란다.

문화 교류
- 동양과 서양의 문화

반토막의 기회를 찾아라.

- 지중해 부자 -

동서양은 철학, 가치관, 행동력에 있어 반대가 되는 관점에서 보고 논하게 된다.

동양에서는 겸손이 미덕인데, 서양에서는 자긍심을 드러내는 것이 미덕이다.

　자녀 교육에 있어서도 동양에서는 자녀의 부족한 점을 채우려
고 하고, 서양에서는 작은 장점도 칭찬해준다. 운동경기를 하는
자녀를 응원하던 한국인 부모들은 잘되기를 노심초사 바라지만
골을 성공시키지 못하고 빗나가는 모습을 보면 순간 기분이 저하
되면서 '아, 아쉽다. 왜 안 될까? 어떻게든 잘할 수 있게 뒷바라지
해야지.'라고 생각한다.

　반면, 서양의 부모는 "Challenge!"라고 큰소리로 외치면서 "도
전해, 할 수 있어, 힘내!"라고 즉각 힘을 실어준다고 한다. 이런
행동의 차이는 어디서 오는 걸까? 생각의 차이에서 온다. 가치기
준이 다르고 보는 관점이 다르다. 그렇다고 서양이 무조건 좋다
고 하지는 않는다.

　하버드대학에서 했던 실험이 있다. 한국인 학생은 아주 겸손하
고 장학금을 받으며 조기졸업을 앞두고 있었다. 학생과 부모님
모두 "만족하는가?"라는 질문에 대한 반응은 의외로 조용했고,
크게 만족하며 기쁨을 크게 드러내지도 않았다. 더 높은 곳을 향
해 갈 길만을 생각하는 듯했다.

　하지만 그 자리에 있던 많은 미국 학생 중 자신감 넘치는 한 학
생은 "만족하는가?"라는 질문에 흔쾌히 "예스"라고 대답했고, 자
기 자랑까지 덧붙였다. 부모님도 만족하고 자랑스럽게 생각한다
고. 그런데 성적을 공개할 수 있냐는 질문에는 한국 학생은 바로

얘기했고, 미국 학생은 깜짝 놀라면서 '공개적으로?'라는 듯 난감해하는 표정이 역력했다. 그리고 실제로 성적을 이야기해보니 큰 차이가 있었다.

이를 지켜보는 동료 학생들에게는 시사하는 바가 컸다. 교수님은 어떻게 언어 장벽을 뚫기도 힘들고 문화의 차이도 극복하기 어려운 동양에서 어린 시절을 다 보내고 온 학생이 미국 학생보다 더 좋은 성적을 낼 수 있을까? 그런 경쟁력 있는 학생들이 해마다 점점 늘고 있을까?라는 질문 속에 실마리를 풀 수 있는 근간이 되는 실험이었던 것이다. 가치관의 차이다.

동양 학생들은 끝까지 겸손하고 단단한 마음가짐의 장점과 자기만족이 상대적으로 적고 행복감이 적은 단점을 볼 수 있다. 서양 학생들은 자기긍정, 행복감으로 현재를 살아가는 힘과 여유를 갖는 장점과 개인 사생활을 중요시하는 사고 방식으로 공개하지 않으면 모를 수 있다는 안이한 마음을 갖는 단점을 볼 수 있었다.

특히 한국은 중국보다 더 뿌리 깊게 자리 잡아 너무나도 보수적이고 폐쇄적으로 정착된 유교사상이 기독교 문화가 널리 퍼져 있는 현대에도 사람들의 의식 속에 살아있음을 볼 때마다 깜짝 놀라지 않을 수 없다. 한류를 이끄는 청년들의 멋진 모습을 보면 어깨가 으쓱해지기도 하지만, 아직 일상 생활 속에서 부딪히며 느끼는 한국 내의 문화는 큰 차이를 보이고 있다.

산타 체칠리아 국립음대의 성악과 수업에는 'l'Arte Scenica'

'무대 예술'이라는 일종의 연기 수업이 있다. 성악과 유망주였던, 실기 시험만은 자신감을 갖고 야망과 포부에 차 있던 한 유학생의 이야기다. 노래를 하면서 연기하는 수업! 외국인을 따라잡기 힘들었다고 한다. 혼신을 다해 준비하고 연습을 거듭한 결과 열연을 하고 시험장을 나오면서 스스로 뿌듯했다고 한다. 그런데 웬 걸! 담당교수님께서 시험이 다 끝난 후, 너무나도 안타까워하시면서 "세상에 어찌 이런 일이! 시험을 다시 봐야 할 정도라고!" 하셨다고 한다.

이유는 숫자를 세는 연기에서 손가락을 서양인은 1을 표현하기 위해 주먹 쥔 손에서 한 개의 손가락을 펴 보인다. 한국인은 손가락을 다 펴고 머릿속으로 1을 생각하면서 4개의 손가락을 편 채로 두고 한 개의 손가락을 접는 제스처를 하게 된다. 무의식중에 나오는 습관! 아무리 오페라 발성법을 고수의 경지까지 터득해가고 있어도 그러한 디테일 측면에서 볼 때 종합예술가가 되기까지는 멀고 먼 길이 기다리고 있는 것이다.

양쪽 문화의 반 토막의 기회를 충족시켜 보면 어떨까? 아차! 하고 놓친 반 토막이 무엇인지? 보물찾기를 시작해 보기 바란다.

내 안의 두 문화,
선천적인 문화와 후천적인 문화 사이!
그동안 놓치고 살았던 반 토막의 기회를 찾기 바란다.

넓은 시야
- 융합콘텐츠학과

부자들은 고독을 즐기지만 외로움을 싫어한다.

- 지중해 부자-

소유욕이 없는 삶은 쉽게 무기력해질 수 있다. 내려놓음을 포기하는 마음과 혼동하지 않기를 바란다. 포기하지 말고 방법을 바꾸어 재도전하는 것이다. 살다 보면 솔직히 포기하고 싶어지는 것이 많다. 열심히 사는 것처럼 보이지만, 속은 이미 반 포기 상태에서 살고 있는 모습도 자주 목격한다. 속이 병들어가는 과정인 것이다. 충분히 이해하고 깨닫고 방향을 재설정하는 것과 중도하차하는 것은 근본적으로 다르다.

나는 멀리 여행을 떠나고 싶었고 유럽에 가서 다시 살고 싶은 마음이 들었다. 때마침 나의 허전한 곳을 채워줄 수 있는 희소식! 융합콘텐츠학과였다. 현대는 융합의 시대이다. 전문가가 되더라도 다른 분야를 활용하는 법을 알아야 한다.

계원영재학교에 출강할 때, '영재교육의 기초'라는 자격 과정을 이수하고 시험을 통과해야 학생들을 지도할 수 있었다. 전 세계적으로 교육으로 유명한 선진국들에서의 영재교육의 역사와 차이점, 사례들을 익혀야 했다. 그중 가장 인상 깊었던 내용은 심각한 자폐 증상으로 혼자서 포크조차 들지 못해서 식사도 혼자 하기 힘들고, 장애우들만 모인 학교도 못 다닐 정도로 특별한 아이가 피아노 영재로 성장하는 스토리! 모든 기능이 거의 다 막히고 안 될수록, 영혼이 숨 쉬고 표현하고 소통하고 싶은 욕구를 분출할 수 있는 출구를 찾아주고 만들어 주면 일반 정상인이 노력하는 것보다 비교도 안 될 만큼의 효과가 나온다는 가슴을 울리는 기적 같은 교육의 힘!

각기 전문 분야가 발전에 발전을 거듭하다 보니 한계점을 만나게 된다. 더 조화롭고 풍요로우며 자연스러움을 찾다 보니 융합이 대세이다. 재창조가 일어나는 것이다. 이는 현실로 다가오는 혁신이다. 거대한 진보를 받아들일 준비도 필요하다. 융합콘텐츠학과에서 배운 점은 바로 이것! 모든 것을 각각 빛나게 할 수도 있지만, 융합하는 기획력으로 새로운 세상이 열릴 수 있다는 사실이다.
새로운 시도이기에 로드맵이 없다. 시간이 걸린다. 하지만 변화는 누구나 실감하고 있다. 앞으로는 기술만이 아니라 스토리 콘텐츠를 융합할 수 있을 때 인생은 더욱 풍요롭게 되고 정서적 안정과 행복을 실현할 수 있을 것이다.

예술은 급속도를 발전하는 숨 막히는 현실 속에
사막의 오아시스 역할을 하게 된다.
내면의 갈증을 융합으로 풀어보기 바란다.

애쓰지 않는 것이
승리의 비결이다

듣기
- 뮤직 캠프

우주는 당신이 하는 말을 듣지 않는다. 당신의 느낌을 듣는다.

-『우주는 당신의 느낌을 듣는다』-

나의 소망을 향해 실행하고 있던 시절, 나의 별을 딸 수 있을 만큼 미치도록 올라서고 싶었다. 레슨을 받고 연습을 하고 콩쿠르를 나가고 연주를 하고 기도하고 꿈을 꾸고 다시 레슨을 받고 연습을 하고 연주를 하고 기도하고 꿈을 꾸고 분석하고 무한 반복하던 중 지도 선생님의 권유를 받았다.

"뮤직캠프 갈까?"
"그게 뭐예요?"
"음, 언니들하고 후배들하고 다 같이 가는 거야."

"산속 계곡 있는 산장에서 물놀이도 하고 다 같이 숙식하고 레슨, 연습, 연주도 하고 재미있게 놀면서 맛있는 것 먹고 며칠 같이 합숙하면서 음악에 빠져 살아보는 거란다."

호기심에 가득찬 나머지 싱숭생숭한 기다림으로 며칠을 보내고 기대하던 캠프를 하러 갔다.

짐을 풀고 가벼운 옷으로 갈아입고 튜너기와 보면대를 꺼내고 악기튜닝을 하고 개인곡 연습을 시작했다. 대학생 언니와 함께했던 앙상블이 가장 인상 깊게 남았다. 언니는 애드립이라는 것을 살짝살짝 넣어주기도 하고, 나를 리드하면서 재미있게 연습을 이끌어내 주었다. 음악적인 아이디어를 얘기하면서 자연스럽게 소통하고 다시 맞추어가기 시작했다. 앙상블Ensemble이란 두 명 이상이 함께하는 연주 구성을 말한다. 불어로 '함께하다' '같이하다' 라는 뜻이다.

플루트는 단선율 악기라서 혼자 하다 보면 피아노와는 달리 너무 단조롭다는 느낌이 들 수 있다. 보통 피아노 반주와 함께 앙상블을 하는데, 플루트 2중주 3중주 4중주 등 다양한 편성으로 해보니 소리가 합해지면서 나오는 새로운 진동의 확장으로 화성감을 체험하였다. 뷔페에 가서 좋아하는 메뉴를 골라 마음껏 먹는 기분 좋은 배부름을 느꼈다.

끊임없는 간식과 식사, 자연의 소리와 맑은 공기, 식기도구, 물, 고기, 야채 등을 함께 준비하고 웃으며 자리도 옮겨보고 이런 일상을 함께하며 움직이고 말하고 보고 느끼는 것이 모두 다 앙상블이었다.

실력을 키운다는 목적에 포커스를 너무 심하게 맞추고 있을 때
는 무미건조함이 있었던 것을 알게 되었다. 밤이 되었다. 모든 일
과를 다 마치고는 음악 틀어놓고 춤추라고 분위기를 띄워주셨다.
춤? 아니, 멍? 나는 뻣뻣 그 자체로 가만히 있었다. 언니들도 마
찬가지. 외국에서 살다 온 한두 명만 조금 자연스러운 몸동작을
시도했다. 오히려 멍석 깔아주니 더 굳는 느낌? 서로 보고 재미
있어했다. 하루 이틀 지나니 조금 자연스러워지기는 했는데, 추
억으로 남는 정도였다. 몸이 숨 쉬게 해주자. 풀어주자.

목표가 두 팔 벌려 나를 받아 주려고 환영할 준비를 하고 있다.
목표의 품에 춤추듯 뛰어가서 안겨보자.

공간 테라피
– 안 쓰던 감각 느끼기

지구별의 다양성과 대비에 둘러싸여 있기에,
여러분이 새로운 아이디어를 창출할 수 있는 것인데,
새로운 아이디어들이 없으면 그 '영원함'이 끝나리라.
–『우주는 당신의 느낌을 듣는다』–

한 주제를 두고 반대 의견이 나올 수 있다. 원하는 결과를 위해 두 갈래 길을 경험하는 것이다. 지금 계속 하던 대로 좀 더 하면 되는 건지? 전략적으로 잠시 다른 길을 선택해야 하는 건지? 아예 다른 길로 가야 하는 건지? 힘을 계속 써야 하는지? 시간 투자, 노력 투자가 계속되어야 하는지? 휴식기로 들어가야 하는지? 가장 중요한 것은 상황을 보는 안목이다. 그 상황에 따라 흐름을 타고 가야 한다. 그걸 잘 모르고 안 보이고 안 느껴지니까 그냥 열심히 사는 것이다. 그러다 지치면 포기하고 힘이 없어서 어쩔 수 없이 멈추는 단계가 오는 것이다.

힘을 빼 보는 것은 어떨까? 남은 여유 자산으로 새로운 수익화 사업을 만들어 가듯이! 사랑을 열심히 하려고만 하지 말고, 이젠 사랑을 받으려고 해 보듯이!

터닝 포인트!

새로운 아이디어를 별을 따듯 하나 가져와서 실험해본다. 큰 벽이 가로막는 듯했을 때, 뚫어버리고 갈 것인가? 우회해서 갈 것인가? 뛰어넘고 갈 것인가? 관심사를 돌려주는 일을 시도해본다.

산책하기, 심호흡하기, 기도하기, 명상하기, 푹 자기, 수다떨기, 독서하기, 맛있는 거 먹기, 효소 담기, 일기 쓰기, 그림그리기, 컬러테라피, 청소하기, 물건 정리하기, 오래된 친구 지인 안부 묻기, 나에게 편지쓰기, 봉사하기, 하늘 보고 누워있기. 숨 쉬고, 보고, 듣고, 걷고, 뛰고, 온몸을 움직이고, 생각하고, 소리 내어 말하고, 배고픔을 느끼고, 맛있는 음식을 먹고, 기댈 벽을 찾

이탈리아 아씨시 꽃길

고, 공간 안의 나를 돌아보고, 자고, 뒹굴뒹굴 애쓰지 않고 그냥 할 수 있는 축복을 그대로 누리면 된다.

어려운 것만 고집하지 말고 쉽게 그냥 할 수 있는 모든 것을 찾아 한다. 쉬워도 안 하면 굳어간다. 퇴보한다. 노화된다. 버려진다.

내 몸의 안 쓰는 부위가 어디인가? 오감 중 잘 안 쓰는 감각기관은 어디인가? 나의 인생은 이륜구동 자동차 같은가? 한쪽 바퀴는 과한 열정 한쪽 바퀴는 바람 빠진 타이어인가? 아니면 사륜구동 자동차처럼 힘 덜 들이고 잘 가는 시스템이 구축되었는가? 곧 자동차 비행기처럼 날 수 있는 준비를 하는가? 애쓰지 않는 승리의 비결이 무엇인지 궁금하지 않은가?

미소 지으며 사랑받고자 엄마 품을 향해 달려오는, 꿈에 부푼 아이 같은 모습으로 안겨 보자. 때론, 엄마가 자신에게 다가올 수 있게 기다려 보기도 하는 아이처럼 그냥 좋은 느낌으로 잠시 그 순간을 즐겨보자.

음악저널 커버스토리

감정 케어
− 글로벌사이버대학교 음악치료

인생은 자전거를 타는 것과 같다.

계속 페달을 밟는 한 넘어질 염려는 없다.

−클라우드 페퍼−

비행기가 이륙하기 위해서는 공기의 저항을 이기고 날아가야
한다. 전문 분야의 일을 계속하다 보면 좋아서 하는 일이라도 스
트레스 지수가 올라간다. 일 자체보다는 그 주변 관계, 상황들이
나와 조화를 이루기에 버거워지기 시작할 수 있다. 자유롭게 살
고 싶었던 터에 그 자유를 어디서 찾을 수 있을까? 고민하기 시
작했다.

나를 돌아보는 시간!
커피 타임, 산책 타임, 혼자 있는 시간, 함께하는 시간
항상 소리가 있고 음악이 있다.

고대의 음악치료는 음악 전설과 신화에 가까운 스토리들이 있
다. 예를들면, 오르페우스가 독사에 물려 죽은 아내 에우리디케
를 찾아오기 위해 지하세계로 갈 때 뱃사공 카론이 있었다. 카론

은 오르페우스의 노래와 연주에 감동하여 저승의 강을 건널 수 있게 도와주었다는 이야기가 전해진다.

팬Pan과 시링크스의 전설은 팬플루트Panflute의 기원이 되기도 하는데, 사랑에 빠져 자신을 쫓아오는 팬을 피해 달아나던 시링크스가 더 이상 달아날 곳이 없어지게 된다. 그러자 대지의 여신에게 부탁해서 갈대가 되었다는 이야기이다. 쫓아가던 팬은 이 갈대를 꺾어 악기로 만들어 불면서 슬픈 마음을 달랬다고 한다.

인생은 반전 매력이 있다는 것을 알았다.
'아픈 만큼 성장하고 아는 만큼 누리는 세상이다'

감동으로 세상을 변화시킬 수 있는 우리의 삶이 될 수 있기를 바란다.

소망과 기적, 기쁨과 슬픔, 희로애락을 표현하고 변화를 일으키는 음악이 치료가 되어 상상하지 못했던 미래가 열릴 수 있기를 바란다.

현대에는 병원치료나 약물치료로 모두 다 할 수 없는 영역을 음악치료로 시도하기도 한다.

많은 임상실험들과 사례들이 뒷받침되어 발전하고 있다.

글로벌사이버대학교에서 음악치료 강의를 하면서 더욱 깊이 연구하고 연주만이 아닌 다양한 측면에서 음악활용에 대해서 의미를 부여하고 지도하고 있다.

우리의 감정에 천사 날개를 달아주는 특별한 선물이다.
알아갈수록 희소가치가 올라갈 것이다.

24시간 빛의 강도와 각도가 다른 것처럼
감정도 그렇게 다루어야 한다.

특별한 인연이라고 느끼면서 이 책을 읽어내려가는 독자들은
점점 궁금한 내용들이 많아질 것이다. '나는 이성적인 사람이다.
감정 조절이 잘된다.'라고 자신 있게 말할 수 있는가? 남이 하지
않는 질문을 하고, 남이 하지 않는 일을 하기 시작해 보길 바란다.

삶을 이끄는 것은 나 자신이다.
관습에서 벗어나 그동안 살아왔던 방식과는 다르게,
온전히 자신에게 효율적으로 접근해 보기 바란다.

아부르쪼 뮤직 페스티벌 초청 독주회 - 이탈리아 토스티 극장

대단한 사람이 되고 싶은가?
먼저 인간미를 갖춰라

신뢰
- 부자 마인드

모든 힘은 보이지 않는 것을 믿는 데서 나온다.

- 제임스 클리크 -

유학 시절, 부모님의 도움에서 벗어나서 홀로 서기를 하던 때 스위스에서 차디찬 눈바람이 불던 날이었다. 무대에 올라가기 위해 준비하는 사람처럼 무대에 올려질 좋은 모습만을 보이려고 노력하며 살았던 나! 과정을 혼자 하기엔 벅찼다.

다행히 스위스에서 지내면서 우연히 알게 된 현지인 몇몇 분들과 현실과 꿈을 함께 나누었다. 감동이 있었는지 나에게 꼭 필요한 분이라고, 힘이 되어주고 도움이 되어줄 수 있을 거라고 하면서 소개를 받았다. 스위스에서 사업을 하고 프랑스 몽블랑이 보이는 곳에서 사는 사업가! 과연, 어떤 일이 생겼을까? 능력이 있는 사람은 인맥도 많고 이모저모로 부탁해 오는 사람들이 많다. 그중에 나는 선택받고 축복받는 행운아가 되었다.

그는 나보다 10살이 많은 언니로서, 멘토로서, 사업가로서, 신앙생활의 전도자로서, 가족처럼 함께하면서 지냈다. 물론 프랑스어도 프랑스 문화도 자연스레 깊숙이 스며들게 되었다. 나의 생일은 12월 29일! 죠엘 언니의 생일은 12월 30일! 생일파티도 같이 했다. 기분 좋은 운명일까? 언니는 나를 시간이 날 때마다 어디든 데리고 다녔다. 나는 프랑스 투표 현장까지 따라갔었다. 프랑스인들의 생활을 다 알아야 한다면서 많은 것을 보여주고 싶어 했다.

나는 코리안 스시라고 하면서 김밥을 만들어서 레시피도 알려주고 즐거운 시간을 보냈다. 소음 걱정이 전혀 없는 알프스 산장에서 연습을 마음껏 할 수도 있었다. 꿈만 같은 저택의 2층에는 헬스기구들이 있었고 운동도 마음껏 할 수 있었다. 엄마 같기도 하고 언니 같기도 한 이 친구는 나에게 항상 이런 말을 했다.

"너는 큰 부자가 될 거야. 그럴 것 같아. 그땐 날 꼭 초대해야 해! 기억해! 나 잊으면 안 돼!"

무얼 보고 나를 믿고 나에게 엄마처럼 언니처럼 이렇게 대해주는 힘이 생겼을까? 보이지 않는 것을 믿는 힘. 이 정도는 거의 한국의 부모가 자식한테 쏟아주는 정성처럼 지극한 것이고 긴긴 시간이었다. 믿거나 말거나! 사랑과 관심 속의 행복한 순간들은 나의 잠재의식에 영향을 주는 것 같았다. 차츰 나에게도 '부자의 인간미' '부의 대물림'이 성큼성큼 다가오는 소리가 들린다.

스위스 피터 루카스 그라프 교수님은 처음으로 질문과 도전을 주신 교수님이다. 서울예고 시절 갑자기 준비된 사람은 나오라고 해서 마스터 클래스를 받는 행운의 기회를 받게 되어 너무나도 감격스러웠다. 그렇게 즉흥적으로 평소 실력으로 받은 것도 기적인데 선생님께서는 아예 카덴자를 즉흥으로 만들어 불어보라고 하신 것이다. 악보에 있는 대로만 최선을 다해 준비해 오던 나에게는 큰 도전과 숙제를 안겨주신 분이시다. 해낼 수 있다고 믿어주시면서도 칭찬보다는 도전의식을 심어주신 분이다.

스위스 오렐 니꼴레 교수님은 이탈리아 로마에서 뵐 수 있었다. 목숨 걸고 대가에게 칭찬받으려고 정말 피땀 흘려 준비한 곡을 들으시더니, 악기가 혼자 알아서 소리를 내는 것 같다. 라고 칭찬해 주시고는 '아리랑' 한국의 민요를 불어보고 동시에 바리에이션을 만들어 불어보라고 하셨다.

나는 갑자기 많은 학생들 앞에서 난감했다. 준비되지 않은 것이었다. 내가 멈칫멈칫하니 교수님께서는 마음에서 항상 울려 퍼지는 자기 나라 곡이 있어야 한다고 말씀하셨다. '혼'이 담긴 음악은 모국의 음악에서 찾기가 쉽고, 그것을 모델로 다른 음악에서도 깊이 있는 표현을 찾는 과정을 알게 될 것이라고 했다. 믿어주시고 남다른 시선으로 바라봐 주시고 생각지도 못한 관점에서 해

보라고 권하셨다.

스위스 로잔국립음대 브리짓트 북스토프 교수님은 제네바에 저
택이 있었다. 언제나 마음껏 연습할 수 있도록 교수님 댁에 손님
으로 초대해 주시고 맛있는 거도 챙겨주시고, 넓은 정원에서 뛰어
놀기도 하고, 여행도 시켜주시고, 레스토랑도 데려가 주시고, 부
유한 스위스의 여유를 흠뻑 체험하게 해 주셨다. 매일 아침 롱톤
과 소노리테를 연습하시는 교수님을 직접 보면서 부자의 마인드!
일상이 그려진다. 이탈리아 베네치아에 함께 연주를 갔을 때는 같
은 방에서 있게 되었는데 일찍 일어나셔서 스트레칭을 한참 하고
계셨다. 나는 조금이라도 더 자려고 이불 덮고 뒹굴뒹굴하고 있는
데 너무 상쾌한 몸을 만들고 계시던 일상이 지금도 생생하다.

한국이나 외국이나 개인 레슨이 아닌 대학에서의 수업은 한정
적이다. 그런데 웬걸 2시간~3시간이 되도록 작정을 하고 레슨을
해 주시기도 했다. 지극 정성, 사랑 가득!! 음악회도 일부러 만들
어 주시고!!

이탈리안 플루트 아카데미에서 테크닉의 대가 프랑스 래몽 귀
요 교수님과 산타체칠리아 국립아카데미에서 안젤로 뻬르시낄리
교수님의 사사를 동시에 받고 있을 때였다.

플루트 테크닉 티칭법의 대가 귀요 교수님은 내가 만난 수많은
교수님 중 처음으로 나를 혼내시고 울게 하신 교수님! 냉철하시
고 무섭지만, 같은 기간 내에 얼마나 성장했는지를 노력 점수로

만들어 보여주시는 특별한 교수님, 다른 사람과 비교해서 순위를 정하는 점수가 아니라, 각자 자기의 한계점을 얼마나 극복했는지, 얼마나 성장했는지에 대한 기준으로 점수를 주는 아주 아주 보기 드문 교수법~! 이 교수님 덕분에 진짜 나의 문제를 해결해 갈 수 있었다. 정곡을 따끔하게 찔러주시고 그 부분을 직면하고 해결해 나가기 시작하니, 위경련으로 고생하고 떨었던 것도 같이 좋아지기 시작했다.

안젤로 뻬르시낄리 교수님은 우아하고 내성적인 분이셨다. 내가 "저는 너무 내성적이라서 음악이 좋지만, 힘들어요." 하면 "등에 땀이 주르르 흐를 정도로 떠는 것을 알까? 그래도 할 수 있어."라며 "나를 봐 봐. 내가 더 내성적이야" 하셨다. 그리고 아주 빠른 속도의 더블 텅잉으로 한 비트에 세 개의 리듬이 들어가는 셋잇단음표 리듬을 해내는, 전 세계적으로 사용하는 연주자가 거의 없는 고도의 연주 방법도 전수해주셨다. 이는 혀도 빨리 움직이고 손가락도 빨리 움직이고 박자는 다르게 세어야 하기에 완전히 처음 보면 묘기에 가까운 테크닉이다. 친절하시고 귀족적이신 교수님, 어려운 것을 우아하게 해결하는 특별한 방법을 생활에서도 보여주시고 다른 데서 들어본 적 없는 방법들을 알려주시고 또 해낼 수 있다고 하며 많이 기대해 주셨다.

스위스의 브리짓트 북스토프 교수님은 한 학교 시험만 봐도 석사 이상, 최고 연주자 과정(유럽의 연주박사과정)이기에 난이도도 높고 해야 할 양도 많은데, 동시에 각기 다른 레퍼토리와 티칭법을 도대체 어떻게 소화해 내고 있는 건지 실체를 밝혀보자! 통합된 무언가를 함께 연구하자! 라고 하시면서 많은 것을 하지만, 더 의미있고 제대로 하기를 바란다면서 아예 붙잡아 놓고 하셨다.

3개의 학교를 동시에 다니며 월반 시험(학년을 단기에 뛰어넘는 시험 – 독주회 30분 1시간 분량의 새로운 레파토리)을 연속적으로 여러 번 보고 있었기에 교수님이 고민스럽기도 했을 것 같다. 그래도 이렇게까지 해 주시는 교수님은 거의 찾아보기 힘들다고 본다.

스위스로망드오케스트라 수석 연주자이면서 리용 국립음대 교수였던 죠세 다니엘 까스틀롱 교수님은 프랑스와 스위스를 매주 넘나들면서 스타와 같은 스케줄을 소화해 내시느라 만나기도 힘든 분인데, 세계적인 플루트의 거장 엠마누엘 파후드가 스위스 로망드 오케스트라와 협연하러 온 날, 용기 있게 다가가서 인사드리며 꼭 배우고 싶다는 의지를 확고히 하고, 제자가 될 수 있었다. 동유럽 크로아티아의 낯선 땅에서 악또 교수님의 조교로 생활하고 있을 때 특별히 잘 적응할 수 있도록 음악가로서의 조언도 자주 해주시고, 종종 나오게 되면 더 큰 성장을 할 수 있기를 바라시고 응원해주시고 지도해 주셨다. 이렇게 마치 유럽이 한국이 된 것 같은 기분으로 살았다.

현재, 나의 열정을 보고 함께 고민하고 이끌어주고 싶어 하는 부자들을 매일 지속적으로 만나고 영향을 받자. 오프라인도 좋고 온라인도 좋다. 통화도 좋고 카톡도 좋고 이메일도 좋고 유튜브도 좋다.

나의 일용할 양식을 주는 부자들을 곁에 두고 함께 성장해야 한다.

믿음 부자들은 베푸는 것을 좋아한다. 친하게 지내면서 그 인간미부터 배우도록 하자.

좋은 생각의 습관
- 후원

습관은 가느다란 철사를 꼬아 만든 쇠줄 같다.

-호러스 맨-

"너는 크면 어떤 사람이 될래?" 어린 시절에는 이런 질문을 받으면 직업이 떠올랐다. 어떤 재능을 키워서 직업을 갖게 될까? 음악가, 의사, 변호사, 판사라는 생각을 했다. 지금은 이미 많이 컸다. 아니다. 나의 내면이 크는 시기이다. '후원자가 되어주고 멘토가 되어주는 사람'으로 살고 싶다. '작은 실천'으로 부제를 정하고 정기 연주회를 할 때 소액이지만 후원을 실천해 왔다.

오케스트라 운영을 하면서 장소 후원을 받기도 했다. 이제까지 만난 많은 소중한 분들이 떠오른다. 드러내지 않고 도움을 주신 분들에게 감사함을 표한다. 세상의 빛이 되고자 지속적인 후원을 해 주신 기관이나 회사들도 많다. 혼자서는 살아갈 수 없는 세상, 따뜻한 배려의 손길이 있었기에 현재를 살아갈 힘이 생긴다. 송파노인종합복지관, 강남장애인복지관, 편강한의원의 MOU 및 후원은 활동에 윤활유가 되었다. 편강한의원 서효석 대표 원장님은 폐 건강의 권위자로 코로나 이후 미국 중국에서도 더욱 관심을 받으며 세계인의 건강과 웰빙을 위한 길을 열어가는 데 뜻을 세우신 분이신데, 나의 플루트, 지휘, 음악치료 활동의 열정적인 모습 속에 나타나는 음악적 비전에 공감하시고, 열정의 씨앗이 계속 살아날 수 있도록 문화적 공간과 미래를 향한 꿈을 지원해 주셨다. 부동산 도서관의 배려도 활기찬 활동을 유지하는 데 좋은 흐름을 만들어 주었다.

비발디 악기점, 줄리어드 악기점, 림스 플루트, 미쉘 클라리넷 등에서 큰 연주 전 청소년오케스트라 학생들의 악기 점검을 도와주고 파가니니 악기점은 갑작스런 상황에 연습실 제공을 해 주시기도 하셨으며 언제나 발전하는 데에 도움이 될 수 있기를 바란다고 하시면서 든든하게 서포트해 주셨다. 최플루트는 유자형플루트헤드 악기로 아주 어린 학생들 지도에 유익함을 더해주셨고, 진스플루트 사장님은 한국최초 플루트 무반주 CD를 내는데 도움을 주셨고, 코리안심포니에서 오랜기간 첼리스트로 활동했던 우드브릿지 사장님은 음악회 기획력으로 협연 기회를 주셨다. 특별히 국제예술진흥원 이사이자 림스플루트 사장님이신 임재동 교수님은 중국 학생들과 서울유니버셜청소년오케스트라를 국제교류 연주에 참여할 수 있도록 기획하고 진행해주셨다.

이때 참여한 모든 학생들은 한·중 문화 예술 교류 증진과 청소년 예술 영재 발굴을 위한 2018 ONE ASIA MUSIC FESTIVAL 에 이바지한 공로를 인정받아 한국 서비스 산업 진흥원의 상장을 수여받았다.

이렇게 아름답고 훈훈한 스토리를 들려주는 단체, 대표, 담당자의 마인드는 어떻게 만들어질까? 언제부터인가 누구에게인가 영향을 받고, 이런 일을 하겠다는 훌륭한 생각을 습관처럼 하고 있었던 것이다.

물 흐르듯이 스쳐 지나가는 많은 인연 중 의미가 있다고 생각될 때 후원자는 행동을 결정한다. 그리고 그 결정을 기뻐하고 성취감을 느낀다. 이런 이타적인 삶을 실천하는 대단한 분들의 인간미에 행복 바이러스 전파력은 더 큰 힘을 발휘한다. 대단한 인간미를 경험한 사람은 대단한 인간미를 갖추려고 무의식중에 노력하게 된다.

남보다 우수한 결과를 내기 위해 달리는 심한 경쟁구도에 함몰되지 않고 나누고 베풀고 공감하는 인간다움을 갖추기 위해 나는 오늘 무엇을 했는가? 인간다운 나약함만 떠올리지 말고 인간만이 할 수 있는 의미 있는 작은 일을 매일 실천해보길 바란다.

인간미 실천 일기는 부자 마음 그릇을 키우는 핵심 훈련이 된다.

양심의 거울
– 봉사와 기쁨

남 앞에서 부끄러워하는 사람과

자기 앞에서 부끄러워하는 사람 사이에는 큰 차이가 있다.

–『탈무드』 중에서–

내 생애 첫 봉사는 스위스에 있을 때였다. 요양원에서 한 노부부를 처음 보게 되었다. 건강해 보였던 할아버지는 시력이 너무 심하게 안 좋으셔서 혼자서 거동하시기 어려운 상태였다. 그런데 여기저기 불편한 몸을 가지고 휠체어를 타고 계신 할머니가 안내를 해서 움직이시는 것을 보고 놀랐던 기억이 아직도 생생하다. 눈이 안 보이면 어디로 갈지 방향을 잡기도 어렵고 혼자서는 행동하기도 힘들어진다는 교훈을 강하게 받게 되었다.

한국에서의 첫 봉사는 로타리 클럽에서 주최하는 봉사 연주를 참여한 날이었다. 목사님께서 고아원처럼 운영하는 곳이었다. 천진난만한 아이는 사탕을 먹고 끈끈한 손으로 내 손을 잡고, 내 품에 안기면서 행복해했고, 갈 때까지 진심으로 "플루트 연주가 좋았어요. 예뻐요. 감사해요."라고 얘기하면서 헤어지는 것을 너무나도 아쉬워했다. 깊은 사랑을 기다렸던 그 아이의 결핍된 사랑에서 나온 표현이 나에게 더 큰 사랑으로 전달된 행복한 경험이었다.

플루트 앙상블로 봉사 연주한 경험을 한 적도 있다. 지적 장애인들을 위한 봉사처였다. "지적 장애인의 돌발 행동을 본 적 있으신가요?"라는 담당자의 질문에 이어진 자세한 설명을 먼저 듣고 결정한 봉사연주였다. 실제 연주시 일어날까 염려했던 돌발상황은 다행히 생기지 않았고, 오히려 '당신은 사랑받기 위해 태어난 사람' 앵콜곡에 맞추어 한 명도 빠짐없이 입을 모아 박수를 치면서 노래를 하고 행복해하는 모습!!에 단원들의 마음에 감동의 물결이 일어났다. 음악이야말로 '세계 공통어'라는 것을 확인시켜주는 현장의 강렬한 체험이었다. 이를 생활 치유에 적용한다면 잠재의식을 움직이는 거대한 힘이 작용할 것이다.

송파노인종합복지관의 이성희, 이경수 두 분 관장님이 계시는 동안 서울유니버셜청소년오케스트라의 봉사 연주 활동처로 송파노인복지관과 MOU를 맺고 매달 1회 연주를 했다. 첫 봉사를 한 날 이후 청소년 시기부터 특별히 음악을 좋아하시고 중요성을 알고 계셨던 박성원 사무국장님의 적극적인 꼴라보 제안이 반영되었다. 또한 남다른 안목이 있으셨던 박신향 센터장님은 늘 생각했던 일이었는데 너무 잘 되었다고 하시면서, 자체적으로 가지고 있는 연주홀을 활용할 수 있도록 배려해주시고 아낌없이 활용할 수 있는 기반을 마련해 주셨다. 그리고 복지관에는 이미 너무 좋은 음악치료를 위한 악기들이 구비가 되어 있었고 치매 노인들을 위한 음악치료 강의도 진행하였다.

서울특별시의 해피프로보노 봉사단으로 위촉장을 받았고 현재도 다양한 활동을 지속하고 있다.

음악이 주는 힘!

양천구장애인복지관 김경환 관장님은 악기 경험이 없는 장애우들에게 기회를 주자며 지원을 해 주셨다. 바이올린, 첼로 클래스를 지도하고 앙상블 연주와 봉사활동을 위한 프로그램을 진행하였다.

장애우 중에서 영재를 육성하고 지원하고 미래를 열어주고자 남다른 포부로 길을 만들어 주신 강남장애인복지관 조병인 관장님과 관계자 분들의 초청으로 지휘자로서 음악 코치를 하고 플루티스트로서 지도를 하면서 큰 보람을 갖는 계기가 되기도 했다.

메마른 땅에 나무를 심기 시작하면 열매를 맺기 시작하고, 새들이 모여들고, 짐승들이 모여들고, 사람들도 모여들고 건강한 생태계가 형성되기 시작한다. 봉사를 통한 이웃 사랑 실천은 경이로운 결과를 가져다 줄 것이다.

'아픈 만큼

성장하고

아는 만큼

누리는

세상이다.'

계획을 세우느라
귀중한 시간을 흘려보내지 마라

실행력이 이끄는 삶
- 유학의 길

우리의 심장이 우리의 보물을 의식하는 바로 그 순간에만
우리는 잘 살았다는 말을 들을 수 있다.
- 손튼 와일더 -

만 11살 때였다. 유학 가고 싶다는 꿈이 생겼다. 유학을 가게
된 것은 만 18살 때였다. 큰 꿈 안에 작은 꿈들이 생긴다. 언어장
벽을 깨야 한다. 집을 구해야 한다. 학교 시험을 봐야 한다. 유학
자금이 있어야 한다. 비자가 나와야 한다. 악보와 옷을 챙겨야 한
다. 요리도 할 줄 알아야 한다. 쉽게 말해 움직이면 돈이 필요하
다는 것이다. 나를 지원해주시는 부모님, 마음만으로 되는 일은
아니다. 구체적인 실행력을 가지려면, 돈만 있어서는 안 되고, 단
숨에 되는 것도 아니다.

이런 현실인데 망설임까지 있어서 할까 말까를 반복하고 있다면 어떻게 될까? 너무나 많은 현실의 어려움 속에 계획을 세우느라 걱정만 하고 시간을 흘려보내고 있다면 어떻게 될까? 꿈이 있고 계획이 세워지면 단호함과 일관성으로 밀어붙여야 한다. 촘촘하게 짜인 베틀처럼 빈 공간을 짜임새 있게 채워가야 한다.

지금 생각해보면 현실을 뛰어넘고자 하는 강한 용기와 단호함이 있었다. 그런데 용기와 단호함은 일회성이 아니다. 치즈 구멍처럼 뻥뻥 뚫린 그 구멍을 알고 있었는가? 결단을 내리기 전의 망설임으로 지체되는 시간도 많지만, 결단을 내린 후의 망설임으로 허비되는 시간도 무시 못 할 정도의 엄청난 것임을 알아야 한다.

한 발 한 발 1초 1초 지나가는 시간과 친해지고 내용을 잘 실어서 흐름을 타보자. 그러기 위해서는 분산시켜야 한다. 잘게 쪼개어 집착을 분산시키고, 현미경으로 관찰하듯이 아무 미세한 작업을 시작해보자. 나의 심장은 그런 보물들의 세세한 면을 의식하는 순간 뛰게 되어 있다. 구체적으로 할 숙제를 쥐어줄 때, 신이 난다.

얼마만큼 나의 과정을 의식하는지에 따라 결과가 나오는 속도감이 다르다는 것을 알았다. 시간을 온전히 내 것으로 활용하는 순간! 집중하는 시간은 아주 짧다. 그 시간이 점점 길어지고 지속력 있게 되기를 바라고 목숨 걸고 나아가야 한다. 누가 자신의 인생을 허송세월하는 것을 좋아할까? 없을 것이다. 그러나 아이러니하게도 그렇게 살고 있는 사람들이 너무나도 많다는 사실이다.

'진정한 시간의 풍요를 누리러 가자!'

어제의 나는 바보였다
- 실전 예술

반드시 자기보다 강한 상대나 비슷한 상대에게 도전한다.
- 사이토 히토리 -

그냥 한다. 중력의 법칙에 의해 물은 아래로 흐르듯이 시간은 어떠한 순간에도 흘러가고 있으니까. 망설임의 시간이 길어지면, 물이 범람하여 홍수가 일어나듯 그 안에서 허우적대는 나를 발견하게 된다. 그래서 결국은 그냥 한다. 제대로 된 요리사 수준은 안 되어도 밥은 할 수 있고 라면 끓이기 정도는 해야 하듯, 악보를 만드는 일은 할 수 있어야 한다고 생각하고, 컴퓨터로 '시벨리우스'라는 툴을 사용하여 악보 만드는 법을 배웠다.

유튜브를 하면서도 마찬가지이다. 처음에는 음원을 그냥 올리는 것도 할 줄 몰라서 매번 부탁을 했다. 썸네일 디자인도 디자인을 타인에게 맡기고 원하는 것이 무엇인지 설명하고 결과물을 받고 또 커뮤니케이션 하는 데에 오랜 시간을 보내야 했다. 무엇을 원하는지에 대한 이해도가 낮은 전문가! 대화는 어떻게 될까? 시간 투자 대비 효율성은 물론 서로에게 비합리적인 가격이 산출되는 현상이 나오게 될 것이다. 결국 많은 이야기가 오고 갔는데, 그럼에도 불구하고 원하는 결과물이 잘 안 나오면서 비용을 지불해야 하는 상황! 자주 경험했다.

이렇게 범람하는 홍수에 허우적대는 듯한 인생 소용돌이! 소통이 안 되는 세상 속에 있는 장면! 거기 서 있는 나를 보게 되는 것이다. 어설픈 남과의 소통보다 나와의 소통을 하기로 선택했다. 유튜브 콘텐츠 제작을 배워서 직접 하기 시작했다. 처음에는 키네마스터, 포토스케이프, CANVAS를 사용하였고 음향은 큐베이스와 마이크를 사용하는 데 기나긴 여정이 필요했다. 지금도 아는 것보다 모르는 것이 훨씬 많다.

새롭게 알아가는 서툰 과정은 자갈길을 걸어가는 불편함과 느린 속도감에 대한 인내심이 필요하다. 대신 더 이상 어제의 바보로 오늘을 살아가지 않도록 이끌어 주는 성취감은 기쁨이라는 보상으로 다가온다. 이 단순한 반복이 매일 더 강한 나를 만나게 해 줄 것이다.

Play
- 튜닝과 플레이

사고의 범위가 고정 관념과 경험을 바탕으로 한정적일 때가
많다.

예를 들면, 악기의 튜닝을 하기 시작하면 사람이 예리해지고
간혹 날카로워지기도 한다. 바이올린의 줄을 맞추듯이 우리 일상
에서도 하루 시작, 관계 시작을 위해서 잠깐이라도 튜닝을 하고
코드를 맞추고 말을 하고 생활이 시작된다. 그 순간은 불편할 수
있지만, 만약 튜닝을 안 하고 연습과 연주를 시작한다면 어떻게
될까? 더 많은 시간 낭비를 하면서 트러블이 생기게 될 것이다.

계획은 세워야 한다. 그러나! 아무리 튜닝이 중요하고 계획이
중요하다고 해도 튜닝만 하고 내려오는 연주자는 없다. 이처럼
계획만 하고 끝나는 인생은 없다. 현실감각을 갖추고 튜닝하고
계획하고 시스템을 갖추는 일도 중요하고, 수정 보완해 나가는

일도 중요하다. 튜닝과 무대에서의 플레이 감각은 현실과 이상에 큰 영감을 가져다준다.

열 가지 이상의 질문을 긍정적인 문구로 만들어 희망의 문을 열어보자.

목표: 수업준비

계획: 수업준비 시간과 데드라인을 정한다
목표 달성을 위한 실천하기 쉬운 점과 어려운 점을 기록한다.

튜닝: 조율하는 과정

· 누가(Who) – 나 홀로? 도움을 받아서?

· 언제(Where) – 몇 시에? 몇 분 동안?

· 어디서(Where) – 집? 회사? 카페?

· 무엇을(What) – 목표하는 일? 목표하는 관계?

· 어떻게(How) – 준비방법? 접근방법?

· 왜(Why) – 꼭 해야 하는 이유? 안 하면 안 되는 이유?

구도를 잡자! 인생은 나에게 주어진 조명이 비춰지고 있는 무대이다. 계획이 아무리 중요해도, 완벽한 계획을 위해 무한대의 시간을 보낼 수 있는 전쟁은 없다. 나의 인생은 보이지 않는 전쟁

과 같다는 생각이 든다. 가만히 느긋하게 있으면 안 된다. 이를 인정하고 작은 실천이라도 하길 바란다.

행운이 곁에 다가오고 있다.
알고 있는가?
누군가가 나의 가치를 인정해 주기 전에
선행되어야 하는 일이다.

나의 일, 나의 사람, 나의 시간! 금쪽같이 지켜내자.

국제아티스트 시리즈 – 피에르 이브 악또 리사이틀 기획 및 연주

최고의 기회는
눈에 보이지 않는다

헝그리 정신
- 피에르 이브 악또 교수의 조교로 활동

"Stay Hungry, Stay Foolish"

-스티브 잡스 2005년 스탠포드대학교 졸업식 연설-

선천적으로 나의 과묵한 성향은 쉽게 바뀌지 않았지만 필요에 따라서는 수다도 기꺼이 즐기고 시사 경제 등 생활 속의 이야기 주제도 미리 준비하고, 소통할 수 있을 정도로 약간의 센스가 생기기 시작했을 때였다. 악또 교수님께 파리국립고등음악원 CNSM에 입학하고 싶다고 말씀드리고 아주 적극적으로 자주 지도를 받으러 가기 시작했다. 다양한 교수법, 악기 연주 주법, 음악적인 내용, 프랑스 문화 등 다양한 주제에 대해 의견을 얘기하고 질문도 많이 했었다.

그러던 어느 날, 교수님의 제안을 받게 되었다. 파리국립고등음악원에 입학하는 것보다 크로아티아에 위치한 차이콥스키 부속음악원인 이노미르코비치 아카데미에서 티칭을 할 수 있는 기회가 있는데, 여러 번의 협연 기회도 있을 것이라고 했다. 교수님은 두 달에 한 번, 열흘씩 머물면서 집중도 하시고, 그사이에 엄청난 프로그램을 다 마스터시켜 놓아야 하는 일이었다.

그때만 해도 한국과 크로아티아는 국교가 맺어져 있지 않았다. 삼성만 들어와 있었을 때였다. 그래서 비자 받는 일이 어려웠다. 심사숙고 끝에 프랑스 파리에 있는 한국대사관 담당자에게 한국에 다녀와도 대사관이 없어서 해결할 방법이 없다는 내용을 아주 설득력 있게 이야기했다. 결국, 프랑스인은 아니지만, FR 프랑스 비자를 받고 크로아티아로 향하게 되었다. 유럽에서 대가의 조교는 교수님의 빈자리를 대신해서 직접 학생들을 티칭 하는 일이라서 얼마나 영광스러운 자리인지 모른다. 오케스트라 수석 자리만큼이나 쉽게 오지 않는 기회였다.

티칭은 영어, 이탈리아어, 불어로 진행하였다. 첼로 교수로는 키릴 로딘이 오셨다. 같은 무대에서 협연을 하는 영광스런 자리가 마련되기도 했다. 플루트 외에 다른 악기 교수진도 대가들이어서 소문을 듣고 찾아오는 외국인 학생들도 있었다. 나도 열흘 내내 하루 종일 마스터클래스 식 수업을 진행하고 학생들과 식사를 같이하고 파리국립고등음악원에서 함께 온 독주회를 준비한 학생과 함께 문화 교류를 하면서 오히려 파리에서 교수님을 뵙는 것보다 퀄리티 높은 음악회와 수업을 병행할 수 있었다. 꿈만 같은 시절을 보내는 축복의 시간이었다. 음악의 진수를 전수받고자 하는 간절한 마음이 있었다. 그것이 보이지 않는 기회를 잡을 수 있게 해 준 것이다.

간절히 열망하는 굶은 사자와 같은 호흡으로
바라보는 것이 있는가?
나의 인생을 180도 다른 방향으로 데리고 갈 수 있다.
더 많은 혜택을 누려보자.

\<멀티시대의 전문가\> 프랑스어, 이탈리아어 통역 – 가치 상승

삶의 질을 결정하는 데 가장 큰 영향을 미치는 건 관계의 질이다.

– 페렐 박사 –

유럽의 여러 나라에서 살면서 다양한 문화를 접하고 온 경험으로 잡지 기고를 하였다. 번역과 통역도 즐겁게 되었다.

처음부터 많은 일을 맡아서 한 것은 아니었다. 일본 플루티스트로서 파리에서 활동하는 세계적인 플루티스트 '시게노리 구도'의 마스터클래스 통역과 인터뷰를 맡은 것이 첫 스타트였다. 그후 현대에 독보적인 대가의 계보를 잇는 '엠마뉴엘 파후드 독주

실비아 카레두, 래몽 귀요 교수 클래스 친구 &
라디오 프랑스 – 프랑스국립오케스트라 수석 마스터클래스 통역 후

회 평'을 쓰게 되었다. 잡지 'Flute&Flutist'에 피콜로 관련 내용
과 인터뷰 번역내용을 연재하였다. '음악저널'과 'Music&People'
에는 플루트 곡에 관한 칼럼과 유학기, 지상레슨 등을 기고하였
다. 액티브하고 설레는 통역을 하며 세계적으로 유명한 플루티스
트 마스터클래스 진행을 맡기도 했다.

[이탈리아어 통역]

실비아 까레두 (라디오 프랑스, 프랑스국립오케스트라 수석)

[프랑스어 통역]

이어 테라피 (프랑스 스튜디어스 케어)

막상스 라류 (전, 스위스 제네바 국립음대 교수)

피에르 이브 악또 (전, 프랑스 파리 국립음대 교수)

필립 베르놀드 (프랑스 파리 국립음대 교수)

죠세 다니엘 꺄스틀롱 (프랑스 리용 국립음대 교수)

줄리앙 보디몽 (프랑스 리용 국립음대 교수)

데니스 브라아코프 (뉴욕 메트로폴리탄 오케스트라 수석)

시게노리 구도 (프랑스 파리 에꼴 노르말 음악원 교수)

장 페랑디스 (프랑스 파리 에꼴 노르말 음악원 교수)

끌로드 르 페브르 (프랑스 파리 국립 바스티유 오페라 오케스트라 수석)

샹드린 틸리 마스터 클래스

샹드린 틸리 마스터 클래스 프랑스어 통역

샹드린 틸리 (프랑스 똘루즈 국립 오케스트라 수석)

카즈노리 세오 (플루트 플레이어로 전세계 순회 연주자)

브리짓트 북스토프 (스위스 로잔국립음대 교수)

[이탈리아어 통역]

안토니오 아멘두니 (이탈리아 움베르토 죠르다노국립음대 교수)

안토니오 판타네스키 (교회 합창 워크숍 서칭 페스티벌, 지휘, 헨델 메시아)

유학하면서 배운 내용들도 소중하다. 이탈리아어 – 프랑스어 통역도 했었다. 귀국 후 한국에서 불어 – 한국어, 이탈리아어 – 한국어 통역을 하면서 교수님들과 좋은 관계를 맺고 알게 된 내용들은 보석과도 같다. 문화적인 거리감을 갖고 있을 때 한 번역과 통역은 일이라기보다 메마른 땅에 단비처럼 풍요로움의 선물이었다. 서양음악 전공이다 보니 서양음악에 뿌리를 두고 문화와 역사를 기반으로 현대에 왕성한 활동을 하시는 분들과 관계를 맺고 하는 일은 비행기를 타고 기분 좋은 여행을 한 것 같은 일상에서의 탈출이었다.

그러던 중 A부터 Z까지 기획을 하고 비행기, 숙식, 구체적인 일정, 연주, 마스터클래스까지 진행한 피에르 이브 악또 교수님과의 일정은 특별했다. 계명대학교, 한예종에서의 마스터클래스와 그 당시 출강하고 있던 목원대학교 플루트와 작곡과를 위한 연주와 강연, 세라믹 팔레스홀에서의 독주회와 앙상블 연주 등을 진행하기 위한 섭외 과정이 지금 생각하면 꿈만 같다. 이때 함께 연주하기로 컨택한 연주자들은 현재 거의 다 교수로 활동하고 있다. 안목이 있었는지 좋은 멤버를 찾은 것이다.

성신여대 교환 교수로 오게 된 안토니오 아멘두니 교수는 이미 이탈리아에 있을 때부터 친분이 있는 친구였다. 성신여대 교수로 오기 전에도 한국에 있는 동안에 초청을 해서 녹음도 하고, 마스터클래스, 모차르트홀 독주회, 성남아트센터 콘서트홀 오케스트라 협연 등 다양한 기획으로 진행을 한 적이 있다. 오래된 관계 속에서 신뢰를 가지고 있었기에 가능한 일이었다. 전문가로서 활동범위를 넓힐 수 있는 일을 하게 되었다는 데 의미 부여를 하게 된다.

또한 이런 활동들은 모두 다 건강한 몸, 체력이 있어야 가능하다. 항상 건강하다가도 연주 날 아프면 이틀은 가능한데 사흘째부터는 집중력이 떨어진다거나 하면 상당히 곤란해진다. 그래서 나의 체력을 보강하고 유지하기 위한 방법 중 하나로 테라피 자격증을 취득하게 되었다. 테라피 자격증을 취득한 후에는 에어프랑스의 스튜어디스들에게 소문이 나서 많이 찾는 원장님의 콜을 받고 건강 관련 통역을 하기도 했다. 그때 알게 된 친구 중 한 명은 몇명 안 되는 절친으로 기도, 명상, 건강관련, 음식, 문화관련에 대한 이야기를 하다 보니 가치관이 너무 비슷해서 잘 통하는 귀한 친구가 되었다. 종종 일부러 나를 만나러 한국을 방문하기도 한다. 천사 같은 친구를 얻은 셈이다.

자연스럽게 발전한 관계는 나에게 풍요를 가져다 준다. 나의 가치를 높여주게 된다. 나를 힘들게 하고 안 맞는 사람과 시간을 보내지 말고 이렇게 코드가 잘 맞고 기꺼이 시간을 낼 수 있는 사람들과 좋은 관계를 발전시키기 위해 노력하고 시간, 노력, 관심을 투자하기 바란다.

내 인생 명품처럼 만들어 줄 사람들과 자주 생각을 맞추고
말을 맞추고 행동을 갖추자.
가치 상승은 나를 더 기회의 주인공으로 안내해 줄 것이다.

기회
- 세종문화회관 대강당 협연 연주

중요한 것은 눈에 보이지 않는다.

- 어린 왕자 -

행운은 두 가지 유형이 있다. 첫 번째는 미리 계획하고 노력하고 꿈꾸어 오던 일이 기회로 다가왔을 때 잡는 것이다. 두 번째는 직접적이고 구체적인 계획 속에 있는 일은 아니지만, 의외의 방법으로 행운이 다가올 때 기회를 알아보고 덥석 물어주는 것이다.

이날 연주는 머니투데이 고객들을 위한 음악회로 3부로 나뉘어 큰 축제처럼 이루어졌다. 팝페라 가수이자 뮤지컬 배우 임태경, 가수 인순이, 비보이 등이 출연한 화려한 무대에 유일하게 클래식 음악으로 플루트 협연을 하는 영광스러운 연주를 하기도 했다.

미리 계획하고 구상했던 일은 아닌데 기쁨이 되는 일들이 있다. 언제 그 일이 일어날지 우리의 미래를 예측할 수 없다. 불현듯 다가오는 기회는 자욱했던 안개가 갑자기 걷히면서 코앞에 다가오는 경험이 된다. 어떠한 형태로든 기회가 왔을 때는 준비가 된 사람이어야 받을 자격이 생긴다.

갑자기 오는 기회! 순간 포착할 수 있을까?
최고의 기회를 알아보고 잡으려 하면,
이미 떠나가고 있는 경우가 많다.
모두의 눈에 드러나기 전에 보물을 찾아야 한다.
놀라운 발전 기회는 나의 것이 된다.

예상 밖의 행운은 창문 밖의 날씨와 같다.
계획하고 바라는 행운은 집 안의 날씨와 같다.
예상 밖의 행운은 줄 서서 소문날 집으로 찾아올 것이다.
나의 집은 소문 날 집인가?

나를 돌보고 가치 상승이 되어가고 있다면 나를 궁금해하고 찾아오는 사람들이 많아질 것이다.

내가 나를 위하지 않으면
누가 나를 위해 줄 것인가?

인생은 걸음마
- 억압된 감정 글로 풀자

눈물로 씻기지 않는 슬픔은 없다. 땀으로 낫지 않는 번민도 없다.

눈물은 인생을 위로하고 땀은 인생에 보수를 준다.

-서양 격언-

왜 우리는 몸이 우리를 멈추게 해야만 정신을 차릴까?

살다

- 다나카 순타로

돌아서지 말자

삶은 가는 것이다

그래도 가는 것이다

우리가 살아있다는 것은
아직도 가야 할 길이 있다는 것

나는 '왜 그리도 사는 게 바빴던 건지?' 알 수가 없다. 그래도 나름 엄마를 챙긴다고 만나던 어느 날, 엄마가 멀리서 다가오는 모습에 깜짝 놀랐다. 평생에 뚱뚱한 모습을 본 적이 없고 워낙 모델 사이즈였지만, 갑자기 너무 살이 빠진 것이다. 웬일인가? 하니 엄마는 "날씬해 보이니까 예뻐?" 하면서 다이어트했다고 했다. 그런데 "아니, 엄마 좀 이상해. 예쁘긴 한데, 너무 심하게 빠졌어." 하니 "아이고, 그래도 딸이라 다르구나." 다른 사람들은 모른다는 것이다.

그렇게 나는 엄마께 한국에서 할 수 있는 치료를 최대한 실행했다. 그러면서 느낀 점! '엄마가 나와 동생을 키우면서 얼마나 많이 가슴 졸이는 날들이 많았을까?' 함께 산책을 하면서 평생 다 못 한 대화를 나누는 것이 행복이었다. 손잡고 걸어보는 그 시간이 너무도 사무치도록 눈시울을 뜨겁게 했다. 할 수 있는 모든 것을 했다.

소중한 것을 잃은 나는 소중한 것을 얻었다. "있을 때 잘하자. 몸으로 표현하며 살자"

"말하면 뭐 해?" 이런 생각을 하는가? "표현하면 뭐 해?" 이런 생각을 하는지? 이런 식으로 늘 안 하다 보니, 좋은 척하면서도 관계 마감이 되어 버리고, 좋은 것도 싫은 것도 우아하고 당당하게 표현하는 법을 몰라서 속병 들고 인생 마감하는 것은 아닐까? 직접 표현을 못 한다면 글, 그림, 노래, 눈빛, 춤, 터치, 포옹, 차단, 거리두기, 거리 좁히기, 바디랭귀지를 통해 다양하게 표출해야만 한다.

감정이 흑백 두 가지만 있는 것처럼 표현하고 사는 사람들이 많다. 표현이 서툴러도 좋다. 표현은 하면서 세련되어지고 힘을 발휘한다. 세상에서 가장 소중한 사람을 잃고 알게 된 소중함을 나는 글로 표현하기로 했다.

하루에 한 문장이라도 좋으니
나의 감정을 표현하는 글을 꼭 써보기를 강력 추천한다.
단 한 번뿐인 우리의 인생이 '헛되고 헛되다'로 끝나지 않게!
우아하고 당당하게 표현하며 살자!

이사
- 산타체칠리아 국립음대
에다 실베스트리 총장님의 코칭

마음의 눈을 뜨고 길에서 만나는 모든 것들을 맛보세요.

당신의 행복을 성공으로 평가하지 말고

인생이라는 여행 전반을 즐기세요. 행복 그 자체가 길입니다.

– 웨인 W 다이어–

　유럽의 4개국(이탈리아, 스위스, 프랑스, 크로아티아)에서 살았으니 이
사를 얼마나 많이 했을까? 상상해 볼 수 있을 것이다. 좋은 집이
어떤 집인지도 잘 모를 때 외국에서 혼자 집을 찾아서 이리저리
움직이면서 이삿짐센터에 취직한 것처럼 박스를 싸고 풀고를 얼
마나 자주 반복했던가? 그래도 나는 방학 한두 달 동안 짐을 챙
겨서 어디 맡기고 다시 집을 찾아 이사 가는 일을 하지 않았었다.
그런 언니들을 보면 더 대단해 보였다. 나의 경우는 좀 특별하기
도 했다. 거의 13년이라는 세월 동안 한국에는 두 달 다녀왔었기
에 잠깐 다녀온다는 생각에 더욱 그러했던 것 같다.

　지금도 그런 마음이다. 아무리 부지런하고 기꺼이 움직이는 것
을 좋아해도 거기까지는 마음이 동하지 않았었다. 참 다들 보통
이 아니었다. 이사를 할 때마다 물건을 정리하고, 한 번씩 늘어난
살림을 정리하고 마음을 비우는 시간을 갖게 되었다. 가장 기억
에 남는 집은 두 곳이 있다.

　하나는 이탈리아 로마 산타체칠리아 국립음대 교수님께서 지
하철이 몇 개 안 되는 로마에서 지하철 바로 앞에 집이 있는 친구
부모님을 설득하셔서 나를 그 집에 살 수 있게 해 주셨던 일이다.
나는 그 친구에게 플루트를 가르쳐주고 그 친구는 이탈리아어와
서양음악사를 가르쳐주었다. 식사하고 수업 시간 외에는 하루 종

일 같이 있으면서 엄청난 시너지를 내기 시작했다.

외국 선생님이었지만 동양의 정신을 깊이 가지고 계신 분이었다.
에다 실베스트리 플루트 교수님으로 인연이 되었던 이분은 쿵
푸를 십 년 이상 하신 특별한 분! 동양의 학생이 열심히 하고자
열정을 불태우니 깊은 사랑을 주셨다. 그리고 쿵푸를 오래 해서
그런지 동양의 정신 문화를 높게 보시고 열심히 하려는 나를 사
랑으로 대해 주셨다. 한국에 귀국하여 세월이 지난 후, 야망이 남
다르시던 에다 실베스트리 플루트 교수님은 총장님이 되어 계셨
다. 친자식처럼 챙겨주시고, 낯선 문화에 잘 적응할 수 있게 시스
템을 구축해주신 것이다.

공간, 환경이 주는 힘. 지금도 그 환경을 만들어 놓고 열심히 사

산타체칠리아 국립음대 에다 실베스트리 총장님과 함께

는 것이 지혜롭고 현명하다는 것을 체험하고 확인하면서 살아가
고 있다. 정적이고 깊고 고요한 숨을 쉴 수 있는 환경! 사방을 느
끼고 점검하고 그리고 행동한다. 나에게 가장 좋은 곳을 찾아서!

이탈리아 로마는 하늘이 푸르고 맑고 높았다. 하늘이 높고 건
물도 천정이 높았다. 보통 건물의 두세 배 높이의 방에 있으면 황
실 가족이 된 기분이 들었다. 이런 곳은 창의성을 촉진시켜 준다
고 한다. 문화의 힘! 그것이 나를 매료시키고, 신나게 살 수 있는
조건이 되어 준 것 같다.

내 머리 위에 빈 공간을 크게 두고 살아보자. 존경할 점이 많은
사람들 사이에서 높은 하늘을 보며 기대와 희망에 차서 사는 삶
을 경험하며 살아보자.

서울유니버셜플루트앙상블. 언니들의 수다, 가을 멜로디로 향수를 풀어주다.
이래하, 서선미리, 오은지, 김민혜, 황예찬, 이은준

존재감
– 말할 수 없는 기도 제목

내가 잘하는 것은 애쓰기와 버티기였다. 이제 쉬자. 쉬엄쉬엄 가자.

–애쓰다 지친 나를 위해–

이 세상에서 열심히 살아가다 문득, 지친 나를 본다. 발가락 골절되고 이후 몇 년 고생했을 때도 그렇고 코로나로 인한 타격을 입었을 때도 그렇다. 맞추기 어려운 사람을 만났을 때도 그러했다. 유학시절 새로운 문화에 적응해 갈 때도 비슷했다.

많은 경우에는 사건이 일어나자마자 쉬는 것을 선택하게 되지는 않았다. 한참 후 시간이 흐르면서 나름 해 본다고 해 보고 힘이 많이 빠질 즈음이 되서야 진정으로 쉴 수 있었다. 그런 나를 보고 연약하다고 평가할 수 있을까? 애쓰고 버틴다는 것은 같은 조건의 생활을 지켜나간다는 것이다.

이제 알았다. 두 갈래 길로 나뉜다는 것을.

지금의 환경에서 순응하고 사는가? 벗어나서 사는가?

순응한다는 것도 두 갈래 길로 나뉜다. 그대로 주저앉아 끙끙대며 버티고 힘들어하면서 말도 못 하고 지내는 삶과 그 틀 안에는 있지만 인테리어를 새롭게 한 아파트처럼 내부적인 구조를 바꾸어 사는 삶. 벗어난다는 것도 두 갈래 길로 나뉜다. 완전히 그 전의 삶과는 상관없는 새로운 세계로 들어가 사는 삶과 차츰 끊고 하나씩 정리해 가면서 사는 삶.

무조건 두려워서 '내 나이가 곧 얼마인데'라는 생각으로 반 포기하고 사는 것이 지금 당장은 큰 변화 없이 잘 살아지는 것 같고 수월하고 무리수도 없다. 그렇게 세월은 간다. 하지만 시간이 지나면 지날수록 후회 막심이다. 무의식 속에서 영혼이 메말라 가는 것을 느끼게 된다.

걸림돌이 디딤돌이 될 수 있도록 움직이자. 감사함을 표현하는 것은 첫 번째 움직임이다. 문제를 덮으려고만 하면 상처가 곪게 되듯이 문제가 점점 더 커진다. 감사함은 상처난 부위에 소독약처럼 마음을 닦아준다. 더 이상 세균번식이 안 되도록 방패 역할이 된다. 분명히 내가 살고 있는 이 사회에서는 나 혼자 힘들고 나 혼자 고민하지 않는다는 것을 뒤늦게나마 알게 되었다. 똑같은 고민을 하고 해결한 선후배들을 찾아 롤모델 삼고 변화하면 된다.

창조적 열정과 도전, 그 이상의 무대
(음악교육신문 기사)

가치 있는 일은
시간이 오래 걸린다

소신
- 자부심, 존경심

분쟁을 회피해 평화를 구하지는 말라.

소신을 위해 우뚝 선다면 스스로에 대한 자부심,

그리고 존경심은 더욱 커질 것이다.

－오프라 윈프리－

평범하게 사는 사람은 하나님께서 원하는 삶을 살지 않고 세상의 소음에 귀 기울이는 사람이라고 말할 수 있을까? 싸움이 필요할 때 아예 상대를 안 하고 혼자만의 동굴에 들어가서 자기 성찰, 자기 개발하는 것이 시간 낭비 안 하고 현명한 삶이 아닐까라고도 생각했었다. 하지만 세월이 많이 흐르고서야 조화로운 삶을 위해서는 너무 피하는 것도 하나님께서 원하는 삶이 아니라는 것을 알게 되었다.

사회에 선한 영향력을 끼치고 스스로도 만족하는 삶을 위해서는 착하고 강한 사람이어야 한다. 다행히도 나의 경우는 학생들을 지도하는 선생님으로서, 플루티스트, 오카리니스트, 감독, 지휘자, 작가로 일을 하면서 주변을 챙겨야 하는 입장에 놓였을 때 말을 하기 시작했고, 의견 주장을 하고 피하지 않고 적극적인 입장을 나타내게 되었다. 책임감이 필요할 때만 그렇게 살아 온 것 같다. 누구보다도 말하는 법을 배우고 표현하고 싸움이 필요하다면 지혜롭게 넘길 수 있게 방법을 배우고 터득하고, 나 자신을 보호하고 책임지기 위해 좀 더 적극적인 모습을 갖춘 사람이 될 필요가 있었다. 결국 사회성이 강한 사람이 되는 것이다.

나를 사귀는 천재가 되어가자. 진정 내가 원하는 것이 무엇인지. 나의 이야기를 들어주자. 솔직하게 나를 대하는 새로운 나에게 감사하며 행복해지기 시작했기 때문이다.

자신감
- 지중해식 라이프

내 자신에 대한 자신감을 잃으면 온 세상이 나의 적이 된다.
-랄프 왈도 에머슨-

늘 심신 안정을 위해서 복식호흡, 단전호흡, 기공을 심취해서 했었다. 영양상태 밸런스를 맞추기 위해서 얼마나 노력했는지 모른다.

나는 원래 매운 음식을 잘 못 먹었고, 하물며 김치도 물에 헹구어서 백김치처럼 고춧가루를 빼고 먹기도 했다. 그리고 김, 굴비, 해물을 좋아했다. 처음에는 한국에서 가지고 온 전기밥통에 밥을 해서 김, 참치, 김치, 돈까스, 된장찌개, 비빔밥 등을 해서 식사를 했었다. 시간이 지나면서 이탈리아의 기본 음식들인 파스타, 피자, 고기, 해물, 야채, 과일을 골고루 다 즐겨 먹기 시작했다.

특히 화덕 피자집은 동네 안쪽에도 얼마나 많은지 모른다. 한국의 분식집처럼 되어 있는 이 피자집은 테이크 아웃 할 수 있게 되어 있는 곳이 많다. 일반적으로 피자는 동그란 판을 생각하는데 이탈리아 피자는 두 가지 종류가 있다. 네모난 모양의 아주 큰 판에 있는 다양한 종류의 피자를 원하는 양만큼 잘라서 무게를 달아 샌드위치처럼 들고 바로 먹을 수 있게 건네준다. 우아한 레스토랑에서 와인과 함께 먹는 코스요리도 설레지만 이런 풍경 또한 학생시절에는 얼마나 추억이 되는지 모른다. 커피는 에스프레소를 즐겨 마셨다. 그때는 그렇게 많이 마셔도 잠이 잘 왔었다.

결국은 정신세계, 마음이 좋다고 느끼는 환경 속에서 우리의 몸은 살아난다. 아무리 열정이 넘쳐도 자신감이 없다면 추진력과 지속력이 떨어진다.

이탈리아 로마 같은 뜨거운 마음의 태양!

지중해식 풍요로운 식사!

정감 어리고 열정이 넘치는 사람들!

함께하고 있다면

호르몬 밸런스는 아주 눈에 띄게 좋아질 것이다.

"오 솔레미오" " 나의 태양아" "나의 마음아"

몰입
- 독주회

언제쯤 보상받을까 조바심 내지 말고 다만 무엇엔가 몰두하라.

-앤드류 매튜스-

현실적으로 어려운 일들은 우리와 거의 항상 함께한다. 그래서 더 간절히 바라게 되는 것 같다. 『시크릿』, 『상상의 힘』 등등 얼마나 많은 좋은 책들과 강연이 있는가? 원하는 정답을 향해 나아가는 과정 속에서 조바심 대신 아주 작고 소소한 기쁨을 찾고 감사해야 한다. 나에게 있어 비현실적이라고 보이는 꿈이 있는가? 우선 종이에 적는다.

피아노 이은영, 플루트 이래하, 마림바 박윤 트리오

세계적인 대가들에게 직접 사사하면서 어려움을 이겨내고 몰입감에 살았던 기억들이 있다. 유학기간 동안 고도의 기술과 음악적 경지까지 경험하였기에 그것을 기초로 더 크게 발전시켜 나갈 수 있다.

음악가에게 독주회는 가장 많은 연습을 필요로 하는 논문 발표와 같은 것이라고 생각하면 된다. 거의 1시간 30분 이상 혼자서 무대에서 테마를 정해서 하는 독주회는 그동안 해 보지 못한 아주 난해한 곡들을 하기도 하고 연주해 본 곡들 중 몇 곡을 심도있게 음악적으로 파헤치기 시작해서 예술로 표현하는 단계까지 올려야 하는 연주이다.

조명을 받고 드러나는 자리이기에 무대 매너, 외모, 몸 관리 등의 부분도 더욱 세심하게 짜인 플랜 속에서 진행이 된다.

Change! 변화를 주자!

마냥 곱씹고 있는 나의 생각을 지우면 주름살도 같이 펴진다는 사실! 그림 그릴 때 다양한 붓! 수많은 터치법!으로 표현하듯이 더 나은 방법을 찾아나서고 실천하다 보면 때가 온다. 그 타이밍을 놓지지 않도록 현재를 즐기자. 젊음의 탄력성을 확보하자. 시간을 지루하게 하지 말자. 시간을 즐겁게 하자.

시간을 귀하게 금쪽같이 대하면?
나를 금쪽같이 대해주는 일이 생긴다.
놀라운 경험이다.

많은 빛들이 모여 큰 태양 같은 빛이 되기를 소망하며 끈기를 발산하자!

1290석 고양어울림극장 이래하 플루트 독주회를 찾아주신 청중들

이래하 플루트 독주회 (플루트: 이래하, 마림바: 박윤)

남들이 무시할 수 없는
사람이 되어라

장점
- 단점의 역전

모든 단점은 장점이 될 수 있다.

- 리오넬 메시 -

연주자로서 무대에서 갖춰야 할 전문적인 매너가 있다. 단점을 뛰어넘는 것은 물방울 한 방울 한 방울이 지속적으로 떨어지면서 바닥의 돌이 움푹 파이게 되는 것처럼 현재로서는 상상조차 못하는 불가능한 일이 일어나는 것이다. 심장이 갑자기 쿵쿵대는 현상은 이성적으로 조절이 안 된다고 이미 다 알고 있을 것이다. 호흡 조절을 해야 하는데 호흡은 횡경막 근육의 움직임의 도움으로 움직이게 된다.

무대는 순간이다. '연습은 연주같이 연주는 연습같이 하라'는

플루트 전 성신여대 안토니오 아멘두니 교환교수, 트럼펫 백석대 윤왕로 교수 협연 지휘

트롬본 유전식 전 한양대학교 교수 협연 지휘

바이올리니스트 정경화 선생님의 말씀을 기억해보자. 이처럼 생활에서도 경계선을 두지 않고 살아간다면? 극복하고 선을 뛰어넘을 수 있는 가능성은 점점 커질 것이다. 하지만 목숨 걸고 해 나가는 자세가 아니면, 하다 말게 된다. 한 번 리듬이 끊기면 악기를 손에 잡는 데까지 긴 텀이 생긴다.

오케스트라에서 목관 악기 주자들은 솔리스트의 기질이 있어야 한다. 티칭만 하는 것과 연주를 하는 것은 다르다. 선수로 뛰는 일을 계속하려면 몸 관리와 연습은 필수이고 담력도 좋아야 한다. 약점을 강점으로 단점을 장점으로 변환시키는 선물이 받고 싶다면, 아름다움에 포커스를 맞추고 멋진 모습으로 살아가는 성실함을 실천하기 바란다.

평소에 가벼운 호흡을 관리하고 있으면, 어떤 악기를 하게 되더라도 임기응변 순발력이 키워진다. 무대 매너처럼 일상의 매너를 지켜보자. 이렇게 5분 정도 되는 곡을 연주하듯이 집중하는 삶을 실천하면서 체험 후기를 작성해 본다. 집중력은 차츰 긴 곡을 연주할 수 있는 사람처럼 훈련할수록 더 재미를 느끼며 집중하는 삶을 살 자격이 주어진다. 몰입의 능력이다. 잘 살 수 있는 능력!

오카리나! 매일 나의 몸을 지켜주는 일상의 호흡 매너!

단단해짐
- 호흡과 명상

무슨 일이든 조금씩 차근차근 해 나가면 그리 어렵지 않다.

-헨리 포드-

'피할 수 없으면 즐겨라'는 명언이 있다.

아침잠이 많은데 일찍 일어나야 하는 일상, 쉬고 싶은데 일해야 하는 일상, 트러블이 있는데 참아야 하는 일상, 원래 했던 익숙한 일만 하고 싶은데 새로운 일을 해나가야 하는 일상, 부스러기 같은 작은 물건들 정리가 귀찮은데 시간 내서 해야 하는 일상, 마음껏 표현하고 싶은데 참아야 하는 일상, 말 안 하고 싶은데 어려운 얘기 하고 살아야 하는 일상! 이렇게 우리의 일상은 자극적으로 다가오는 일들이 있다. 이때 '미루지 말고 방치하지 말고 직면하고 대응하라.'

호흡과 명상, 특별한 것이 아니다. 아침에 일어나면 창문을 열고 환기시키고, 대문을 열고 밖에 나가서 햇빛을 보고 들어오는 것! 커피나 차 한잔하며 음악을 듣고 1분의 여유를 허락해 주는 것! 그것이 명상이다. 아침 기상부터 기분이 상쾌한 날이 얼마나 될까? 식사하고 일하고 소통하고 생각하며 움직이고 느끼는 나를 관찰하는 습관이다.

오케스트라에서 합주하듯이 나 스스로를 먼저 튜닝하는 법을 배우고 훈련하는 것이 기초가 된다. 나의 호흡과 악기의 컨디션과 운지법을 알아서 각기 다른 음을 정확하게 연주하듯이 내 안의 호흡과 계속 변화하는 마음의 강도와 높이를 조절하며 끊임없는 훈련이 필요하다. 원하는 시간에 원하는 높이의 원하는 강세의 비율을 맞춘 아름다운 소리를 내기 위해서 하는 연습처럼 나의 일상을 연습한다.

직접 기획해서 하는 연주는 콘셉트를 정하고 타이틀을 정하고 악보 준비하고 단원들에게 연락하고 날짜 시간 정하고 의상 정하고 게스트 정하고 관객 홍보 후원 등등 바쁘게 움직여야 한다. 가장 편한 일은 불러주는 곳에 가서 겸허한 자세로 연주하거나 가르치는 일을 해내는 것이다.

남에게 인정받기 전에 나 스스로를 세울 수 있는 단단한 기본기를 갖추어야 한다. 어제 시도하지 않은 무언가에 '도전한다' 조금씩 좋은 습관으로 자리잡게 하면서 자신의 입지를 굳혀 나가기 바란다.

이를 통해 작은 행복 포인트를 하나씩 모아가는
재미가 쏠쏠하다.
새로운 습관을 만들고 적응해 나가자.

유자형 헤드 플루트로 어릴 때 배우기 시작한
제자와 함께

Out Put
- 송소희와 스타킹 출연

다 자란 새가 둥지를 떠나듯, 아이도 언젠가 떠나기 위해 성장한다.

-디오게네스 -

세상이 필요로 하는 사람이 되려면 늘 성장하고 발전하는 사람
이어야 한다.

어린 시절 피아노, 바이올린, 플루트를 시작으로 지휘 공부를
하고 다양한 분야의 자격증을 취득하며 공부를 끊임없이 하였다.

항상 바쁘게 열심히 나 자신을 발전시키고자 노력하며 살아왔다. 나이가 들어가면서 이 많은 것들을 하나로 융합할 수 있을까? 연결고리를 찾고 싶어졌다.

TV 프로그램 '스타킹'에 민요로 대중의 큰 사랑을 받고 있는 송소희와 함께 서울유니버셜오케스트라 지휘로 출연한 경험이 있다. 일상적인 일이 아니어서 단기간에 악보를 만들어서 준비하고 방송 출연하게 되었다.

민요는 현대에 이르러서도 구전으로 전수되고 있다. 그래서 악보가 없고 가사만 있는 시집 같은 책을 보고 민요를 한다고 했다. 그러다 보니 어떤 오케스트라도 나서서 하겠다는 곳이 없었고 너무 난해하고 막막한 작업인 것이었다. 용감하게 맡아서 하겠다고 한 이후 악보를 만들려고 해도 '조'도 알 수 없는 상황에 연주를 진행하는 것은 무모한 일이라서 정중히 어렵겠다고 의사표시를 했는데 이미 날짜가 너무 다가와서 그냥 해야 한다는 현실이었다.

결국 여러 개의 '조'로 악보를 여러 개 만들어야 했다. 여러 개의 악보로 해보고 그래도 '조'가 안 맞을 경우 모든 오케스트라 단원들이 이조해서 리허설을 해야 하는 상황이었다. 실제 첫 연습 때 노래와 오케스트라 악보의 마디 수가 달라서 듣고 짜 맞추어야 하는 일도 있었다. '무'에서 '유'를 창조하듯 없었던 길에 첫 발을 디디는 떨리는 순간이 바로 이런 것이었다.

이렇게 같은 음악 활동이지만 늘 하던 패턴의 일이 아닐 때를 종종 경험하게 된다. 새로운 방식의 창작물이 나와야 할 때는 설렘과 두려움이 공존한다. 공부만을 하다가 일로 변화시켜서 경제활동으로 발전시켜서 하고자 할 때도 그러하다. 세상에서 필요로 하는 '브랜드'를 만들어가는 일, out put의 묘미를 즐겨야 한다.

남들이 나를 자유롭게 상상하게 방치하기보다는
내가 먼저 보여주는 습관을 들여본다면
다양한 곳에서 러브콜이 올 것이다.

양천구장애인복지관 앙상블 크리스마스 음악회

양천구장애인복지관 앙상블

양천구장애인복지관 첼로클래스

가장 유능한 파트너는
언제나 나 자신임을 잊지 말자

나
-K-라이프 스타일

성공을 하려거든 남을 떠밀어 움직이게 하지 말고,

자만하여 무리하게 행하지 말라.

자신이 뜻한 바에 따라 한눈팔지 말고 묵묵히 나아가라.

- 밴저민 프랭클린 -

스트레스가 많거나 화를 다스릴 줄 모르게 되면 불안감이 커진다. 남을 너무 의지하거나 나를 너무 과시하지도 말자. 나의 뜻은 정해졌는가? 나 자신을 사랑하고 나를 위할 때 끌어당김의 법칙이 움직이기 시작한다고 한다.

Q.T(Quiet Time, 고요한 시간): 기도 시간을 갖는다. 하루 종일 밖에서 '나의 도움이 어디서 올까' 하고 부지런히 찾는다. 하루 일과

를 마친 후 조용히 기도하는 시간에 내면의 대화를 나눈다. 몇 년 전 기도 노트를 열어본다. 그때와 지금 나의 소망과 기도는 오랜 시간 동안 일관성이 있는가? 같은 방향으로 발전적인가? 묵묵히 행동하려면 묵묵히 같은 마음을 가지고 있어야 한다.

고요한 시간, 조용한 시간은 잠수 타는 시간이 아니다.
바다의 바닥처럼 깊은 의식 속에서 마음껏 노는 것과 같다.

고요한 시간 후에 모방과 창조가 일어나기 쉽다. 다른 사람이 모르는 나만의 스타일을 찾아볼까? 창조에는 융합하는 작용이 일어난다. 예를 들면, 한국이 유명해지고 좋은 점이 많이 알려지기 시작하니, 한국어 사용자도 많아지고, 아프리카의 '말라위'라는 나라는 국기에 태극무늬도 편입시켜서 국기 모양이 바뀌었다고 한다. 세상 끝 멀리 있는 곳에서도 이렇게 영향을 주고받으며 변화하고 있다. 시대적 관념과 흐름도 변화한다.

기타리스트 장하은과 함께

나의 기도는 언제 이루어지는가? 나의 뜻이 일관성이 있는지 먼저 체크한다. 그리고 평가받기보다 발전하고 있는지 질문해보자. 예전의 관념이 아니라 새로운 관념을 창조할 수도 있다. 힐링 라이프 뮤직 코치로서, 작가로서, 차츰 더 행복한 삶을 추구한다.

한국의 엄마, K-Mom! 교육열은 세계가 인정한다. K-Pop 하면 방탄소년단이 떠오르고, K-Classic 하면 조수미, 조성진이 대표적이다. K-Golf 하면 대표적인 박세리는 물론 나라마다 대표 선수는 한국계라는 사실이 놀랍다. K-Sports 김연아도 너무나도 열광적이다. 성공과 행복을 위한 힐링은 무조건 느슨하게 풀어주는 것을 의미하는 것이 아니다. 다이내믹하게 해 주는 단계를 차츰 올리는 것이 좋다.

묵묵히 나를 알아가는 시간은 모험이고 도전이고 탐험이다.
최고의 파트너! 최고의 보물! 나의 가치를 높이는 일!

영상과 함께 하는 서울유니버설청소년오케스트라 〈겨울 왕국〉

미래
- '호랑이'를 그린 화가, 엄마

나는 장래의 일을 절대로 생각하지 않는다.

그것은 틀림없이 곧 오게 될 테니까.

-알버트 아인슈타인-

미래를 계획하고 준비한다. 그러나 알 수 없다고 말한다. 반대로 아인슈타인처럼 미래의 일을 절대로 생각하지 않는다면 그 일은 틀림없이 생길까? 생각을 하느라 시간 허비를 하게 되면 소망과는 반대의 일이 생길 수도 있다는 뜻이 아닐까? 마음먹기 나름이다. 하기 나름이다. 그에 따라 상대적으로 계속 반응하고 변화한다.

운명이란 존재할까? 내가 음악을 전공하고 유학까지 다녀오게 된 것은 운명일까? 엄마가 일찍 하늘나라로 가신 것도 운명일까? 지금 한국에 살고 있는 것도 운명일까? 새로운 분야의 배움의 길을 선택하는 것도 운명일까? 새로움과 즐거움으로 균형 잡힌 모습의 환한 표정을 짓는 '나'를 지지해 줄 때 미래에 대한 신뢰가 올 수 있지 않을까?

나는 열심히 살았고 내가 좋아서 플루트를 선택했고 유학도 꿈꾸고 살아왔다고 생각했었는데 철이 들고 나니 딸을 향한 엄마의 꿈이 훨씬 크고 원대했었기에 가능한 일들이었다는 것을 알았다. 엄마는 외모도 아주 이국적이시고, 집에는 북한에서 개량한 옥류금도 가지고 계셨다. 여기에 더해 가야금, 거문고, 하모니카, 단소, 대금을 즐겨하셨다. 또한 '호랑이' 그림을 전문적으로 그리셨는데, 누가 봐도 호랑이 털 하나하나가 살아있는 느낌을 받아서 다들 놀라며 물어보시곤 했다. "그림이 살아있다고!"

어머니는 언젠가 이런 말을 하신 적이 있다. "스케치할 때 보통 지우개로 한두 번씩 지워가면서 그리는데, 지우개가 필요 없을 정도가 되어야 하는 거야." 아! 얼마나 연습을 해야 그림 그리는 인생에 지우개가 사라져도 되는 걸까? 손의 스킬도 좋아야겠지만, 구상하는 것이 얼마나 구체적이면 그렇게 될 수 있을까? 생각하게 하는 대목이다. 내 기억에 작가들이 아이디어가 떠오르면 평소에 메모를 어디라도 하는 것처럼, 엄마는 지우지 않고 선 긋기, 무언가 계속 그리고 있었던 기억이 난다.

엄마의 호랑이 그림. 작가 이지현

예원학교 때 미술을 전공으로 해 보라 할 때는 안 한다고 했지만, 그림은 내성적인 내 성격에도 딱 맞는 것 같다. 나이 들어서 엄마 생각이 날 때마다 그림이 그리고 싶어진다. 플루트라는 악기가 전공으로 선택될 때도, 지휘 전공을 할 때도, 책 출간을 할 때도, 간절히 멘토를 만나고 싶었을 때도 그러했다.

조금
더 수준 높게,

조금
더 즐겁게,

조금
더 의미 있게

이 시간 속을 헤엄쳐간다.

운명을 개척하는 사람들은 세상에 많다는 것을 아는가?
정서적 안정을 찾고 신뢰, 믿음의 축복이 넘치는 인생을 누려보기 바란다.

신체 리듬
- 리라초등학교 피겨스케이트와 내 생애 첫 오케스트라

안정적인 신체 리듬은 긴장을 완화시켜 실전에 강해지도록 한다.
-이종우-

나에게 가장 흥미로운 것은 지금 이 순간이다. 빈손으로 와서 소설 같은 한 편의 스토리를 쓰고 있는 인생. 나에게 실망하지 마! 모든 것이 완벽할 수는 없으니까. 오늘보다 더 나은 내일이면 돼! 인생은 지금이야. 실패를 두려워하지 말고 포기를 두려워해야 한다.

신체 리듬을 찾아 나선다. 우선 공기가 상쾌해야 한다. 분위기도 좋아야 한다. 이런 환경을 만들 수 있는 방법을 찾아 갖추어 간다. 그리고 지속적으로 운동한다. 걷기, 숨쉬기 운동도 좋다.

'운동은 하루를 짧게 하지만, 인생을 길게 한다'

리라초등학교 시절 전교생이 피겨 스케이트를 했다. 운동 감각은 둔하고 느린 편이었지만 추운 스케이트장을 겨울에 가면 이상하게 감기가 안 걸렸다. 신기한 현상이었다. 사람들이 너무 많은

데 피겨 스케이트 타는 친구들과 스피드 스케이트 타는 친구들이 함께 스케이트장을 누비고 다녔다. 스피드 스케이트 타는 친구들은 사이사이 틈새를 잘 빠져나갔다. 피겨스케이트를 타던 나는 조용조용 연습을 하는 편이었다.

그냥 계속 타면 되는 줄만 알았던 나는 또 신기한 것을 보았다. 아무도 스케이트를 탈 수 없는 시간이 있었다. 얼음판이 칼날 같은 스케이트 날에 깎이다시피 해서 울퉁불퉁해진다는 것이다. 그래서 얼음판을 매끄럽게 피부 정돈하고 화장하듯이 정돈하는 작업을 주기적으로 하는 것이었다.

신체 리듬도 그러하다. 잠시 모든 것을 멈추고 주기적으로 다듬어 주는 시간! 멀리 가기 위해서는 필수적이다. 정서적으로 안정감과 여유를 갖게 되니 조급함과 막연한 공포감에서 해방시켜 준다. 브레이크 타임을 잘 활용하는 것이다. 보통을 커피 타임을 즐기는데, 나는 커피보다는 차를 즐겨 마신다.

하지만 정신적인 브레이크 타임만 주어서는 강인함을 갖기 어렵다는 것을 알았다. 신체 구석구석을 움직여주면서 몸이 웃게 해준다. 이를 통해 긴장이 풀리고 강한 사람으로 다시 태어날 수 있다. 몸과 마음과 정신의 영양을 듬뿍듬뿍 채워주며 리듬을 타고 살아간다면 인생 기대되고 살만하지 않을까?

몸을 적당히 꼼지락꼼지락 움직여준다. 바디에 집중하고 영혼의 미소를 거울처럼 본다. 신기한 것은 과묵하고 조용하고 내성적이고 추위도 상당히 많이 탔던 내가 스케이트복을 입고 피겨스케이트를 하면 감기가 걸렸다가도 다 나았고 활동적이고 건강한 모습을 찾아가며 새로운 나를 만나러 가는 것 같았다.

피겨스케이트는 리라초등학교에서 장려하는 운동이기도 했고, 나의 체질에 잘 맞는 운동이었던 것이다. 이렇게 단련된 몸으로 내 생애 첫 오케스트라를 하게 되었다. 이때 한 경험들은 예원, 서울예고, 소년소녀서울시향교향악단과 유학 후 프로가 되어 음악활동을 하는 현재까지 큰 밑거름이 되어주는 활동이었다.

모든 것이 그렇지만 운동이나 음악은 마음먹고 할 때만 하는 것이 아니라, 생활 속에서 자주 하게 될 때 진정한 효과를 보게 되어 재미있어진다.

바흐 소나타 무반주 솔로 앨범

조금
더 수준 놓게,

조금
더 즐겁게,

조금
더 의미 있게

Chapter 3

성공을
향한
열정은
절망
속에서도
꽃핀다

똑같은 실수를
반복하지 않으면 충분하다

빠른 성장
- ABRSM

안전 제일이 가장 위험한 시대

- 호리에 다카후미 -

악기를 배워 보았는가? 무엇이든 좋다. 악기를 하나 선택해 보자. 쉽게 시작해 볼 수 있는 악기는 '피페'나 '오카리나'를 추천한다. '피페'나 '오카리나'를 배우고 플루트를 배우면 정말 쉽다. 운지가 거의 비슷하기 때문이다. 그 외 우리가 이미 한번쯤은 들어본 피아노, 바이올린, 비올라, 첼로, 콘트라베이스, 오보에, 클라리넷, 트럼펫, 트럼본 등 다양한 악기들이 우리를 기다리고 있다.

악기를 구입하고 레슨 선생님을 정하고 배우기 시작한다. 자세를 교정받고 소리를 내기 시작한다. 도레미파솔라시도 운지를 배운다. 악보를 보고 박자에 맞추어 소리 내는 연습을 한다. 드디어

곡을 하나 정해서 하기 시작한다. 이렇게 진도가 나가기 시작하면서 좋아하는 곡이 생긴다.

취미로 악기를 하는 학생들은 영국 ABRSM 급수시험 준비를 앞두고 지정곡을 연습하거나 콩쿠르, 연주 발표회를 준비하게 된다. 무대에 올라서는 연습도 되거니와 영국의 급수시험이라고 하니 더욱 의미 있게 받아들이며 계획을 가지고 참여하는 학생들이 많다.

이런 기준이 되는 척도가 전 세계적으로 통용이 될 수 있다는 것을 악기를 배우는 입장에서 상당히 좋은 시스템이라고 본다. 그냥 배우기만 하는 것은 나의 성장 정도를 알 수 없는 일이다. 연주를 하고 콩쿠르에 참여하는 일은 심사위원의 피드백을 받으면서 객관적인 평가로 더 큰 성장을 하기 위한 수단이 된다. 그렇기에 겁내지 말고 많이 나가봐야 한다.

확률 게임이라고 생각하고 도전하는 과정에서 변화된다는 것을 알아야 한다. 시험 결과가 원하는 대로 되고 안 되고에 너무 민감해져서 힘들어하기보다, 한 단계씩 올라가는 과정을 제시해 주는 것은 모든 분야에 성실성을 갖게 해 주기에 아주 바람직하다. 스케줄 체크를 하고 당장 할 일에 몰두하기도 하지만, 진정한 성장을 위해 나만의 기준을 단계별로 만들어 놓고 진행한다면 특별히 자만하거나 좌절할 일은 거의 없을 것 같다.

직접 체험하면 얻는 것이 많아진다. 단계별로 시도하면 된다.

초급일수록 더 많은 도전을 해야 중급, 고급, 그 이상 연주자의 레벨로 올라가면서 여유로워질 수 있는 열쇠를 갖게 되는 셈이다.

구체적인 피드백이 없이 '잘한다'라는 평가만 받아왔다면 점검이 필요한 시기이다.

정글
- 프랑스어 독학

사냥꾼은 갖고 싶은 것 앞에서 망설이지 않는다.
- 호리에 다카후미 -

내가 언어에 관심을 갖게 된 것은 다른 나라에 살고 있기 때문이었다. 말이 안 통하면 항상 통역을 해 주실 분을 섭외해서 항상 같이 다녀야 하는 웃지 못할 상황이 벌어진다. 요즘은 번역기가 발달해서 언어를 몰라도 불편함이 예전보다 훨씬 줄었지만, 처음부터 완벽하게 소통이 될 수는 없다. 아쉬움을 가지고 최선을 다해 노력하며 살아가야 하는 시간은 한동안 나를 지배한다. 배우고자 하는 열정 하나로 도전하고 미끄러지는 경험을 수도 없이 하게 된다.

스위스와 프랑스는 같은 불어를 사용하지만 차이점은 지역마다 사투리가 있고, 스위스는 말이 느리고 프랑스는 빠른 편이라는 것 정도가 있다. 억양도 차이가 난다. 그리고 숫자 세는 방법은 완전히 다르다. 예를 들어 프랑스에서 80이라는 숫자를 말할 때는 4-20이라고 말한다. 프랑스 파리 같은 도시에 사는 사람은 상상할 수 있겠지만 말이 더 빠르다. 내가 말을 막 배우기 시작할 때 전화번호 받아 적는 일은 정말 울고 싶을 정도였다.

예를 들어 010-2264-8893이라는 전화번호의 숫자를 말할 때 스위스 불어권을 포함해서 내가 아는 전 세계 사람들은 비슷한 것 같다. 010-2264까지는 정상적이고 일반적인 방법으로 말한다. 그다음부터 자세히 읽어 보기 바란다. 프랑스 사람들은 생각부터가 다르다. 아주 흥미로운 사고체계라고 해야 할까? 88은 4-20-8이라고 하고(80이 4 곱하기 20인데 말할 때 곱하기라는 표현도 없이 그냥 4-20이라고 말하면 80으로 알아들어야 하는 것이다) 93은 4-20-13라고 말한다. 그것도 못 알아들을 정도로 빠른 속도로 말한다.(93은 4 곱하기 20 더하기 3인데, 이 또한 일상생활에서 말할 때 곱하기 더하기 이런 언급 없이 그냥 숫자만 4-20-13이라고 말하면 93으로 이해하고 소통되는 프랑스 문화이다)

작은 습관의 차이, 문화의 차이를 본다. 스위스 사람들은 세 번 볼을 맞대고 인사를 나눈다. 프랑스 사람들은 두 번이나 네 번 볼을 맞대고 인사를 나눈다. 불어로 스파이를 하기엔 정말 어려울 것 같다는 생각이 들었다. 말과 함께 몸에 배어서 나오는 바디 랭

귀지가 많은데 금방 표시가 나게 되어있다. 그러니 한국보다 지역색이 더 강하고 지역마다 개성이 있다.

불어를 사용하던 시기에는 한곳에 정착해서 특정 언어학교에서 배운 것이 아니고 다양한 곳을 원 없이 다니면서 생활 속에서 소통하면서 배웠다. 다행히 가족같이 대해주는 친구 몇 명이 있어서 잘 배울 수 있었고 문화가 은근 스며들면서 익숙하게 되어 갔다.

스위스 제네바 국립음대 교수 '막상스 라리유' 교수님은 외국 제자들이 상당히 많은데, 나에게 이런 말을 했다. '여기서 태어났니?' 지금까지 본 동양인 중에서 이런 사람은 처음이라고 하셨다. 칭찬에 기분은 좋았지만, 왜 그런 느낌을 받았을까? 궁금해서 분석 연구하며 불어가 모국어인 친구들에게 물어보기 시작하여 찾아냈다. 이유는 보통 외국인들은 발음만 굉장히 신경을 쓰고 말을 한다는 것이다.

많은 것을 알기 이전에 뇌새김을 하는 과정이 필요하다. 누구에게 배운 것은 아니었지만 나는 그런 방법을 사용하고 있었던 것이다. 나중에 브레인트레이너 국가 자격증 과정과 뇌기반감정 코칭학과를 하면서 확실히 알게 되었다. 사람의 뇌는 3층 구조로 안에서부터 뇌간, 구피질, 신피질로 나뉜다. 가장 먼저 발달하기 시작하고 생명을 유지하는 데 기본이 되는 기능들은 뇌간 깊숙이 작용하게 된다. 반면에 이성적이거나 세련미를 갖추려면 신피질이 발달해야 하는 것이다.

오리지널한 느낌을 찾아 생활 속에 파고들면서 언어장벽을 단어가 아닌 공감대로 넘어서려고 노력했다. 문화를 받아들이면 기술적인 언어의 문제는 쉽게 풀리기 시작한다. 젊음이 있었다. 실수도 많았다. 그러나 같은 실수는 반복하지 않으려고 노력한다. 지금도 좋았던 때를 떠올리며 그 느낌을 그대로 느끼며 지낼 때도 많다. 안 좋은 기억, 실수는 지운다.

나의 동안 비법 중 하나를 소개하고자 한다. 강렬하고 좋은 느낌을 다시 살려서 그 기분을 현재에 융화되게 하여 사는 상상 속의 즐거움을 갖는 방법이다.

실패, 실수의 불편한 감정은 지우고, 좋은 감정을 살려보자.
상상 속의 나로 지내면서 '동안 비법'을 실천해 보기를 바란다.

나다움
-위경련 극복

일단 무엇이든 시작해야 의욕도 생긴다.

-호리에 다카후미-

아프다고 하면 '진통제'를 떠올리는 사람들도 많다. 사실 먹으면 더 안 좋을 때도 많았다. 생리통에 위경련이 겹쳐 진통제를 먹고 고등학교 때 응급실 간 적도 있다. 그래서 그 후로는 진통제 알러지가 있다고 하고 안 먹는다. 그런데 평생 잊지 못할 은인 중 한 분이신 약사님이 주신 약은 '부스코판 플러스', 바로 '진통 진경제'였다. 통증과 경련을 진정시켜주는 약이 필요했다. 일반적으로 통증만 못 느끼게 해주는 진통제들은 무감각하게 할 뿐 위장의 경련을 오히려 심해지게 하는 증상이 나타났었던 것이다.

이러한 진경제는 의사 처방전 없이 쉽게 구입이 가능하다. 그런데 몇십 년 동안 응급실에 갔어도 아무도 알려주지 않았고 힘들게 살아왔다는 것이 억울하기도 하고 하고 화가 나기도 했다.

여러분은 진경제라는 것을 알고 있는지? 직접 아파본 사람만 알 수 있다. 천국과 지옥을 왔다 갔다 하는 그 순간. '제발 살려주세요! 안 아프게 살고 싶어요!' 저절로 나오는 말이다. 모든 약에 관한 선택은 의사와 상담하길 권한다. 그러나 의사가 알려주지 않는 경우도 있다는 사실도 인정하면 좋겠다. 결국 우리의 인생, 이렇게 간단한 정보가 없어서 긴 세월을 고민과 힘듦 속에서 살아갈 수도 있다는 체험담을 나누고 싶다.

덕분에 호흡 이완하는 공부를 평생 심도 있게 하는 계기가 되기도 했다. 그래도 이 좋은 세상에 살면서 고통을 덜 수 있는 간단한 정보를 주는 전문가가 없이 청소년기와 성인기 전반을 살았다는 것이 원통하기까지 하다. 지금은 해결이 되었다. 그 약사님

덕분에 심리적 부담도 줄었고 편안한 생활을 한다. 더 이상 똑같은 실수와 고민을 하지 않을 수 있어서 행복하다.

반복되는 실수는 바로 잡아야 하고
좋은 정보는 적극 알려야 한다.
무엇이든 시작한다. 나의 실패도 나누고 나의 성공도 나눈다.
힘이 되고 싶다.

반복은 이제 그만! Stop! 반복을 넘어 새로움을 향해 간다. 책도 쓰고, 연재도 내고, 연주도 하고, 이런 창작 활동을 하는 것이 극도의 긴장 속에서 몸이 굳는 현상을 풀어준다.

서울유니버셜청소년오케스트라 나라사랑음악회

Allegro (알레그로)

알레그로는 '기쁘게! 즐겁게! 빠르게!'라는 뜻을 가지고 있는 음악용어이다.

이탈리아어로 'Sei molto allegro, oggi.'(세이 몰토 알레그로, 오지)라고 말했을 때의 알레그로는 '당신은 오늘 기분이 아주 좋군요.'라는 의미로 사용이 된다.

봄이 올 때, 기쁜 소식을 맞이할 때, 상기되는 듯한 그 기분.

맑고 밝은 날씨에 우리는 알레그로하게 지내게 된다.

음악에 있어서 알레그로는 속도를 의미하기도 한다.

기분이 좋으면 경쾌한 발걸음을 내딛을 수 있는 것처럼 곡의 빠르기도 자연스레 빨라진다. 물론 기분 좋은 정도와 속도는 각자의 상황에 따라 약간 다를 수 있다.

'알레그로'의 기준은 대략 메트로놈 템포 120 정도이다.

120을 기준으로 10 정도 더하고 빼는 속도와 기분을 가질 수 있다.

1분은 60초, 메트로놈이 60일때는 1초에 1번 소리가 나는 속도이다.

120이라면 1초에 두 번 소리가 나는 속도인데 이렇게 알고 있으면 초시계만 있어도 감을 잡을 수 있게 된다.

기쁨을 표현하는 움직임 알레그로한 속도에 맞추어 기분을 내 보자.

한국문학생활회
글. 미래의 하늘 이래하

음악을 너무나 좋아하고 사랑하지만, 무대에 서는 일만으로는 나를 지탱하기가 부족하다. 위로? 격려? 누가 그렇게 많이 해 주나? 스스로 알아서 해야 하는데, 글을 읽기만 하는 것이 아니라 쓰기 시작하니 너무나 좋다. 글로 표현되고 소통되는 길이 약보다 훨씬 효과있고 보람된 일이 되어 확장되기를 바란다. 더 많은 사람들과 연결되어 막히고 굳어가고 통증이 되어가는 부분을 희석시켜 줄 수 있을 거라고 확신한다. 나에게도 남에게도 좋은 이 길이 나의 길이 되어 손을 내밀어 주니 너무나도 감사하다.

같은 실패가 아닌 새로운 실패에 도전하자.
성공담으로 이야기 꽃을 피울 수 있기를 바란다.

이탈리아 '콜로세오'
산타체칠리아 국립음대가 있는 도시, 로마

기회를 만나려면 먼저
무엇보다 살아 있어야 한다

소망
- 무의식에 새기기

다른 결과를 바라면서 같은 행동을 하는 것을 미친 짓이다.
-알버트 아인슈타인-

명품을 사고 싶어 하는 사람들의 심리는 도시인이 아닌 정글 주변에 처음 생긴 아프리카 명품관에서도 똑같이 적용되어 나타난다고 한다. 한 단계 올라가고 싶은 심리는 '본능'이라고 볼 수도 있다. 누리고 인정받고 싶은 욕구. 모두에게 크고 작은 소망이 있다. 탐닉하는 마음은 그냥 일어나는데, 과연 그에 상응하는 가치 있는 행동은 즉각 하게 되는가?

유학을 간절히 가고 싶었을 때, 나는 각오했다, 경제적으로 힘들어도 꼭 이루고 싶다고! 지나고 보면 가능해졌고, 기쁘게 기꺼이 감당하며 지내왔다. 내가 소망하는 것과 감당해야 하는 것 사이에 준비된 마음이 없으면, 힘들어지는 것 같다. 진정 원하는 것이 무엇인지 모르고 습관대로 살아갈 때도 그런 일이 벌어진다.

'브니엘남성중창단'을 지휘할 때, 예배를 마치고 중창단 연습시간 사이에 비는 시간에 항상 고속터미널에 있던 '반디 앤 루니스'에 새로 나온 신간 책들을 보러 가는 것이 즐거운 취미였다. 그렇게 책 여행을 하고 머리를 식힌 후, 아름다운 가사가 담긴 성가곡을 지휘하면서 연습한다. 연주할 때 오케스트라 지휘와는 달리 가사가 있는 곡을 싸인 맞추고 언어, 발음, 발성을 함께 맞추어 가는 시간이 행복했다.

행복은 순간이다. 가치를 높이는 순간들을 누가 얼마나 더 만들어내고 알아차리고 사는가? 잘 살았다는 기준이 될 수 있을까?

용산아트홀 대극장 다문화 가정과 함께하는 자선음악회

인생은 짧다. 짧은 시간들을 잘 활용해보기 바란다. 짧아서 더 가치가 있고 한정적이기에 더욱 가지고 싶어진다. 소망을 가지고 빛나는 시간을 연장시켜 보자.

기회를 맞이할 준비에 최선을 다하자.
주변 사람들과 함께하는 짧은 시간을 소중히 다루어 활력을 찾기를 바란다.

관리
- 국제 콩쿠르, 협연을 하기까지

천 리 길도 한 걸음부터.

- 노자 -

가난, 사랑, 기침 이 세 가지는 숨길 수 없다고 한다. 부자가 되고 싶다. 사랑을 하고 싶다. 듬뿍 받고 싶다. 이를 위해선 관리가 필요하다. 괜찮은 척을 하며 사는 것이 아니라 진짜가 되어 살아야 한다.

우선 되고 싶은 상태를 온전히 느끼면서 진짜에 다가가야 한다. 허례허식이 아니라 실속있게 하는 법을 한 걸음 한 걸음 실천한다. 본능에 해당하는 요소들은 결국 시간이 흐르면 숨길 수가 없다. 나에게 플루트는 그런 본능에 준하는 것이었다. 플루트를 하지 않으면 가난하다고 느꼈고, 삶의 사랑을 느끼지 못했고, 기침을 참을 수 없듯이 숨쉬는 데에 답답함을 참을 수 없었다.

플루트를 잘하고 싶어서 6시간~10시간 연습하고 레슨도 많이 받고 국내에서는 많은 콩쿠르 입상을 하고 코리안심포니와 국립극장대극장에서 협연하고 예술의전당콘서트홀에서 서울예고 수석 졸업 실기 우수자 협연 연주를 하였다.

유학하는 동안은 T.I.M. 몬칼리에리, 유러피안, 슈베르트 국제 콩쿠르에 입상하고 유럽의 다양한 연주 무대를 경험하고 크로아티아 리진스키홀에서 협연을 하기도 했다. 중국에서 이탈리아 라 필라오케스트라와 협연하고 미국 컨벤션 연주에도 참가하고 페스티벌, 캠프에 참가하면서 대가의 비법을 전수받고 음악저널, 플루트&플루티스트, 뮤직&피플 등 잡지에 기고를 하고 다수의 독주회와 앙상블 연주 활동을 하면서 후학 양성에 힘쓰며 지냈다.

시험, 오디션, 콩쿠르를 목표로 지내다 보면 다른 일을 줄이고 그 일에 시간을 많이 보내면서 안 쓰던 근육을 많이 쓰니 유산소 운동이나 마사지, 스트레칭, 심신 안정 등 부수적으로 해야 하는 일들이 많아진다.

이제 거의 반세기를 살고 느낀 점은 어떤 맡은 일 자체에만 몰입하는 것이 아니라, 나의 삶 자체에 몰입하는 것이 더 의미 있다는 것이다. 국제 콩쿠르라는 전문가들의 경쟁, 모든 종류의 시험, 인생의 큰 이슈가 되는 일들을 준비하는 과정에는 비슷한 경험을 하게 된다. 막연히 좋은 것을 추구하는 것이 아니라, 싫어하는 것에 대한 기준도 확실해야 한다.

스펙과 스킬을 갖추자.

레벨이 내려가는 것을 순간순간 감지하며 방지하고, 성장하는 사람들이 있다. 현명함!

5분씩 실천한다. 매일 한 가지씩 웃을 수 있는 환경을 만든다. 미소가 담긴 얼굴로 하루를 환하게 받아들인다. 작은 기쁨으로 시작하고 좀 더 큰 기쁨으로 마무리하는 하루하루가 되길 바란다.

몸집
- 행운이 있는 집

낮은 진입 장벽을 넘어서려면 '탁월함'이 필요하다.

-엠제이 드마코-

최근 들어 경기는 안 좋다고 하는데 집값은 너무 올라서 난리들이다. 그런데 집 중에 가장 비싼 집은 몸집이라고 한다. 몸이 거할 집이 있어서 안정적이 되고, 집에 평화가 있어야 만사형통의 기초를 다지는 것이 된다. 결국 가장 비싼 집은 영혼이 거하는 내 몸이다.

　나의 위치를 점검한다. 더 강하고 긍정적인 영향을 받을 사람들이 많아야 한다. 응원해주고 소통할 수 있는 사람이 있는가? 서로에게 특별한 사람이 되어 주고 싶다.

장 페랑디스 마스터 클래스 프랑스어 통역

나는 산책을 좋아한다. 숲속에 있는 나를 사랑한다. 새들의 노 랫소리를 즐겨 듣는다. 종종 오카리나를 가져가서 소리를 내면 새들이 곁에 오기도 한다. 친구들이 모이는 듯 기분 상쾌하고 신 선하다. 또한 나는 물을 좋아한다. 음료보다 물을 좋아한다. 차도 아주 좋아한다. 마음껏 먹을 수 있어서 행복하다.

집에는 물리치료실에 있는 웬만한 전문 기기들이 다 있다. 즐 겨 사용하고 관리한다. 또한 효소를 직접 담고 즐겨 마신다. 장독 대가 있는 전원주택에서 살면 좋겠다는 로망이 있을 정도다. 주 변에 많이 나누어 주기도 한다.

건강 관련 얘기를 하면 주변 분들의 답은 '장수하시겠어요', 나 는 감성지수가 높은 편이다. 많은 것을 내보내야만 순환이 되는 것 같다. 안 되면 아프다. 왠지 답답하다. 순환통로는 단지 일이 아닌 다른 것도 필요한 것 같다. 계속해서 풀어가야 할 숙제이다. 나는 아주 이성적이기도 하다. 너무 많은 절제 속에서 살아가고 있는 나를 발견한다. 교육환경 때문에 자연스럽게 길들여진 또 다른 나의 모습을 발견한다.

행운을 주는 집이 이리저리 움직이며 다닌다고 생각해보자. 많 은 사람이 반겨줄 것이다. 함께 장벽을 뛰어넘어 볼까? 기회는 나의 눈빛과 몸을 보고 올지 말지 결정할 것이다. 그러니까 고급 지고 사랑이 넘치는 몸집을 준비하자.

가장 중요한 것은
가장 중요하게 하라

러브 유어 셀프
- 사랑

우리의 도리는 성공에 있지 않고,

실패할 때 더욱 꾸준히 전진하는 것이다.

—R. L. 스티븐슨—

이런 말 들어 본 적 있는가? "다 먹고 살자고 하는 일인데, 일단 먹고 하자." 먹는 시간을 너무 습관적으로 아끼면서 살다 보면 우울증 초기증상, 무기력 증상, 인생을 회의적으로 보는 시각이 생기기도 한다. 슬럼프인지? 일시적인 증상인지? 구분해보자.

오케스트라 연주자들은 리허설을 마치고 연주 전에 식사시간이 애매할 때가 많다. 긴장을 하고 있기에 소화가 잘 안 되기도 하고 시간이 부족할 때도 자주 있다. 마음을 편안하게 갖고 숨 돌릴 수 있는 환경 속에 있는 것이 더 필요할 때가 많은 것이다. 다시 고도의 집중을 해야 하기 때문이다.

연주가 많아지면 거의 매일 이런 김밥 인생이 되곤 한다. 강의를 많이 하는 분들도 간혹 김밥 인생을 습관적으로 몇 달 하다 보면 일이 아무리 재미있고 좋아도 갑자기 우울감, 무력감이 찾아온다.

이때 새로운 장소를 찾아서 새로운 음식을 먹는 일이 새로운 힘을 준다.

이상과 꿈을 향해 달리면서 일상의 기쁨을 소홀히 하고 무시한다면 그 대가를 치르게 된다는 것이다. 정신과 상담을 받아볼까 심각하게 고민이 된다면? 우선 몸을 풍요롭게 해 주면 된다. 좋은 거 먹자. 좋은 거 보자. 좋은 데 가자. 혼자도 좋고 마음 맞는 사람과 함께도 좋다. 자동차를 만들어 수출하는 것보다 관광지 개발을 해서 먹거리 볼거리를 만들어 주는 것이 외화 벌이에 더 큰 수익을 줄 수 있다고 하는 통계가 나오게 된 배경을 살펴보면, 현실적으로 인간이라는 존재가 무엇을 더 필요로 하는지 이해할 수 있게 된다.

크로아티아 로브란 차이콥스키 부속음악원
- 바다를 보는 여유를 즐기다

줄넘기로 매일 300개씩 몸단련을 하면서 엄마한테 얘기한 적이 있었다. 칭찬보다는 미션을 주셨다. "래하야, 너무 잘했는데 이왕 하는거 1000개씩 하고 뒤로 넘기도 해 보면 어떨까?"라고 하셔서 쌩쌩이라고 하는 두 번 넘기까지 하면서 폐활량 증진을 위해 작은 공간에서도 언제든지 할 수 있는 줄넘기로 유학시절 체력 단련을 하였다. 유학 생활 13년을 하면서 다양한 요리를 하게 되었고 스파게티는 30종류 정도를 시도해 보았다. 이처럼 음식 메뉴를 다양하게 하는 것은 즐거운 일이다. 식사를 함께할 사람을 찾아보자. 소중한 사람과의 식사는 열정을 줄 것이다. 핵심은, 먹으면서 나누는 이야기이다. 마음을 나누는 것이니까. 얼마나 자연스러운가?

살아가는 데만 집중하지 말고, 살아가야 하는 나에게 관심을 갖

크로아티아 로브란 예술이 숨 쉬는 곳

고 시간을 내어보자. 봄이 되면 새롭게 나오는 새싹같이 다시 태어나는 개운한 기분을 체험해보자. 내가 먼저 나를 아끼고 사랑하는 방법을 배우고 실천해야 한다. 나를 외롭지 않게 해 주고, 즐겁게 살아갈 수 있는 의미를 찾자. 나의 인생 여정 안에서 실현 가능한 일로 숨 쉬며 살아보자.

관계 심리
- 감정의 비상금

특별히 잘못하거나 실수가 없더라도 '방심'이라는 것은 나를 위태롭게 만든다. 속을 너무 보여주는 것은 솔직한 맛은 있지만, 생식을 하는 느낌을 준다. 때론 소화가 안 되거나 오해를 불러일으키기도 한다. 이게 너의 전 재산? 하면서 여유만만한 태도로 다가오기도 한다. 즉, 태도가 변하는 것이다. 너무 안 보여줘도 고개를 돌리기도 한다. 아예 아무 일도 안 일어난다.

자산 부자와 소비 부자의 차이를 아는가? 말과 행동도 절제와 자기조절이 가능한 자산 부자인지? 말과 행동을 너무 과하게 드러내고 남발하는 소비 부자인지? 너무 소극적인 가난한 사람인지?

발전하려면 모험도 필요하다. 음악 연주와 유사하다. 숫자에 기반한 이성적인 차가운 전략만으로는 해결이 안 되고 버틸 수가 없기 때문이다. 이는 음악을 한 달만 배워봐도 알 수 있고, 감상

탱고, 송연희 선생님과 무대에
올리기 전 멋진 연출을 계획하다

만 해봐도 즉시 알 수 있는 것이다. 음정과 박자만 정확히 맞추는
기계적인 연주와 감동과 전율을 주는 연주 사이에 무슨 차이가
있을까? 살맛 나는 진짜 인생을 위해 감정을 잘 다루어보자.

우리의 시대, 현대에는 레시피가 있다. 나의 나태함이 경쟁자
의 성공을 불러일으키는 것이 되지 않도록 하자. 부지런함으로
관심받고 사랑받고 축복받을 수 있는 매력, 자산, 건강을 키우자.

생존의 법칙
- 브랜드

아프리카의 사자들은 황소 떼를 공격하려고 달려들지,

나비들을 공격하진 않는다.
-마르티 알리스-

애쓰다 지친 나를 위해 질문한다. 먹잇감을 잘 쫓아가고 있었는데 기술이 부족해서 사냥이 안 된건지? 잡혔어도 쓸모가 거의 없는 먹잇감을 쫓느라 시간을 허비한 것인지?

무엇보다 먼저 타깃을 정해야 한다. 엉뚱한 데 힘을 빼고 있는 것은 아닌지? 지친 나를 쉬게 해주면서 '인생은 길지 않다'라는 것을 상기시킨다. 너무 무모하게 시간을 소비해서는 안 된다. 내가 초식동물인지 육식동물인지도 파악이 안 되었는가? 보암직하고 먹음직한 먹잇감을 찾고만 있다면 그보다 더 안타까운 일이 있을까? 진짜 나에게 필요한 영양소를 찾아야 한다. 시간은 한정적이다. 체력은 더욱 한정적이다. 우리는 유한한 인생 여정에서 무한한 꿈을 꾸며 도전한다. 그러니 살아남기 위한 지혜가 필요하다.

그동안은 장인 정신을 발휘하여 한 우물을 파고 고도의 기술을 갖추는 일을 했다. 연륜이 생기면서 더 깊이 연구하고 남이 가지 않은 길을 개척해가는 미래가 나를 기다리고 있다는 것을 알았다.

이제 나의 선택은 즐거움을 나눌 수 있는 일을 하는 것이다. 명예인가, 부인가, 관계인가? 어디에 신념을 두고 살아가는지가 보이는 사람들, 그런 분들이 앞서가고 있다면 그저 훤히 보이는 길

다채로운 하모니 연출

현대기법으로 무반주 솔로곡 연주

을 따라가면 되는 것이었다. 대기만성형일수록 겸손하게! 세상을 보고 배우는 능력을 키우는 데 집중해야 한다.

나만의 브랜드를 키워갈 때, 더 소통하게 되고 꿈이 구체화 될 수 있다는 것을 알아가는 과정이 된다.

그 일에 재미를 느껴보자.

더 강하고
긍정적인
영향을 받을
사람들이
많아야 한다.

서로에게
특별한
사람이
되어 주고
싶다.

진정한 성공은
성공 후에 찾아오지 않는다

감사의 힘

당신은 어떤 유형인가?

1. 백화점에서 대여섯 군데의 매장을 둘러보고 가격, 디자인, 모든 면을 고려해서 그중에 마음에 드는 것을 고르거나 미리 리서치하고 원하는 것을 확실히 알고 10년이든 20년이든 전투적으로 기다리는 유형
2. "정말 원하는 게 있을지도 모르는데 그냥 대여섯 군데만 돌아보고 정하는 것은 억울하잖아?" 자칭 완벽주의, 헛똑똑의 유형
3. 백화점에 도착하자마자 눈에 띄는 '아무거나' 고르는 유형

-재클린 최-

진정한 성장은 나의 위기, 불행이라고 느껴지는 모든 것을 행운으로 바꾸는 감사의 힘이다.

이탈리아 베르디국립음대를 졸업한 후, 어떻게 경제적 독립을

하고 살아가야 할지 막막했다. 외국에서 살면서 막막했지만 젊었고 꿈이 있었기에 도전했다. 그래서 어떻게든 해내고 싶었고, 조금 고생하면 다 할 수 있을 거라는 생각이 들었다. 그런 생각으로 결국 스위스 로잔국립음대 이탈리아, 로마 산타체칠리아국립아카데미, 이탈리안플루트아카데미를 동시에 해낼 수 있었다. 그런데 어떻게 된 일인지, 나이가 들어서인지 왜인지 언젠가부터인가 '꿈'보다는 '현실'을 훨씬 더 크게 보며 살고 있는 '나'를 발견하게 되었다.

'감사'란 무조건 단편적인 좋은 점을 찾아 억지로 하는 감사가 아니다. 치명적 상황 혹은 90%의 단점을 90%의 장점으로 만드는 비법은 막연함이 아닌, 믿음으로 구체적인 로드맵을 받았을 때이다. 내가 체험한 2단계 '감사의 힘'은 마음가짐을 통해 달라질 수 있는 '가능성'을 준다. 새로운 방향을 찾되 그전에는 상상도 못 했던 새로운 '생각' '아이디어' '도움' '돌파구' '연구'가 시작된다. 불편한 진실 속에서 새로운 환경을 갖을 수 있는 '희망'을 보는 연습, 훈련을 통한 '안목'이 생긴다.

일어난 사건의 경험 자체는 만족감을 주지 않을 수 있고 고통일 수도 있다. 그러나 '감사'는 지렛대 역할을 하면서 동전의 양면이 되어 준다. 행운과 불행이 함께하는 동전을 던졌을 때 나는 불행을 보는가? 행운을 보는가?
한쪽 면에 머물러 있다면 우리는 답답하고 스스로를 속이는 기분이 드는 것이다. 하지만 다른 면을 볼 수 있다면 불행의 다른 면, 즉 행복하게 성장하고 성공하는 길이 열린다. 새로운 '희망'이 보일 때 '확신'과 '더 큰 감사'가 일어난다.

이렇게 '감사 일기'를 쓴다면, 곧 '성장 일기'가 되고,
성장의 리듬을 살려주면 성공이 된다.
성공 일기'는 '현실'이 되어 나타난다.

나를 속이는 가식적인 감사가 아니라 온전한 감사를 체험하자.
진정한 평화가 선물로 함께 올 것이다.

기회의 힘
- 제주도 가족 여행

삶이 그대에게 주는 것은 오직 10퍼센트이다.
나머지 90퍼센트는 이제부터 그대가 할 몫이다.
- 렐리스 크 -

초등학교 때 제주도에 가족 여행을 갔다. 한라산 등정도 하고 여기저기 구경을 다니다가 다리가 아파서 힘들어하니 아이스크림을 사주셔서 동생과 함께 앉아서 먹고 있었던 기억이 난다. 얼

마나 걸어야 하는 걸까? 어린 마음에 많은 것을 보는 것도 좋지만. 쉬고 싶었다. 나는 신체 활동보다는 정신 활동을 더 좋아한다는 것을 보여주는 셈이다. 하나하나 세세히 기억이 난다.

그때 큰 바위에 올라서서 아빠가 지렁이를 직접 낚싯대에 끼워보라고 하셨다. 난 울고 싶었다. 안 하겠다고 하니 직접 해 주시고는 낚싯대를 주셨다. "여기 서서 낚시 끝에 눈금만 잘 보고 있으면 되는 거야. 그런데 언제 물고기가 미끼를 물지는 아무도 몰라. 그러니까 잘 주시하고 있다가 무거운 느낌이 들면 확 낚아채야 해. 알았지?"

"우리 딸, 잘할 수 있어"라고 하시고 그냥 들고만 있으면 된다고 하니 쉬운 일로 받아들였다. 나는 그냥 들고만 있으면 된다고 하니 쉬운 일로 받아들였다. 한참을 지루할 정도로 낚싯대를 들고 있는데 힘센 놈이 잡혔나 보다. "어 어 어, 잡혔어요. 무서워요. 나를 끌고 가려고 해요. 도와주세요!" 하고 놀라서 소리치기 시작했다. 와~ 월척인가? "힘차게 당겨 봐. 잘 할 수 있어" 하시는데 난 솔직히 물에 빠져 죽는 줄 알았다. 마구 소리를 질러대니 낚싯대를 같이 잡고 확 올려주셨다.

이런 것이 '기회' 아닐까? 기회가 와도 기회인 줄 모르고 지나칠 때도 있고 기회가 와도 힘이 부족해서 놓칠 수도 있다.

기회는 오고 있다. 낚시꾼처럼 긴 호흡으로 지켜보다가 적시적소에 끌어당길 속도와 힘이 있다면 내 것이 된다. 근육을 기르고 힘을 기르고 스피드를 감지하며 받아낼 순발력을 기른다. 매 순간 상쾌한 반전을 꿈꾸며 시뮬레이션을 하고 있어야 한다. 운동 신경이 얼마나 발달되어 있는가? 나는 안다. 내가 어느 정도 발달시키고 있는가? 나는 내가 느리다는 것을 알고 있다. 그렇다면 마음 졸이는 시간에 그냥 움직여보자. 결과보다는 현재를 즐겨보자. 이 순간 주어진 공간 안에서 창의적인 움직임을 찾는 감각 지수를 높여보자.

끈기의 힘
- 소프라노 조수미 선생님이 나온
'산타 체칠리아 국립음대' 입학

자신이 성공했다고 절대 믿지 않는 게 성공의 비결이다.

-제프리 아처-

바라고 바라던 성과가 나와서 기쁘게 웃을 수 있었다. 좋은 소식을 전하기까지의 과정을 돌아본다. 혼자서 이리저리 노력하며 걱정 반, 설렘 반으로 지내온 시간들! 말로만 듣던 유학생활, 실제 살아가면서 부딪히면서 적응해 가야 하는 것들이 상당히 많았다. 실전 활용법 단계에서 잠시 멈춤 현상이 일어나는 일상의 사건들이 많다. 그래서 '이번 생은 포기'라는 유행어가 나올 정도인 것 같다.

서울예고 시절 유학의 꿈을 품고 지냈는데, 과연 내가 유학의 길을 현실로 맞이할 수 있을까? 라는 생각 속에서 하루하루 지냈었다. 긴 기다림 후에 시작은 순탄한 편이었고, 내게는 감지덕지한 환경에서 적응하는 즐거운 유학생활이었다.

레슨을 몇 번 받을 때는 통역하시는 분과 함께 동행을 했었다. 그리고 나서 바로 Perugia에 있는 언어학교에서 여름 시즌에 집중적으로 언어공부를 하면서 새로운 집을 구하고 하루 종일 언어공부를 하는 특별한 생활을 하게 되었다.

언어학교 생활 후 입학시험 준비를 하며 지낸 로마는 아주 뜨거운 태양을 일 년 내내 느낄 수 있는 그런 곳이다. 그래서 시에스타(낮잠 자는 시간)를 철저히 지킨다. 꼭 잠을 자는 시간이라기보다는 식사를 하고 조용히 쉬는 시간이다. 그래서 이 시간에는 연습을 할 수가 없다. 왔다 갔다 이동시간 빼면, 한국에서 집에서 하루 종일 밤을 새우고도 연습할 수 있었던 그런 환경과 비교해서 너무나도 불편한 점이 많았다.

'끈기'를 발휘하기 위해서는 강력한 필연적 '이유'가 필요하다. '취미'가 필요하다. 나를 웃게 해 줄 수 있는 무언가를 찾아야 한다. 어떻게든 연습실, 연습량을 확보하여 악보 한 권 전체를 준비해서 입학시험을 봐야 하는 떨리는 상황을 준비하느라 얼마나 애썼는지 모른다.

한 곡이 아니라 책 한 권을 다 준비해야 가능한 산타 체칠리아

국립음대 입학에 성공하고 학교를 다니면서 시창, 청음, 음악사, 화성학, 연주, 앙상블 오케스트라 등 많은 수업을 들으면서 이겨 낸 시간들을 돌아보니 그냥 순탄하게 되는 것은 아니었다. 특히 외국인이기 때문에 늘 언어로 인한 막막함 속에 눈물겨운 노력이 있어야 했다.

이처럼 우리 마음을 세워주는 데 필요한 '확신'과 부드럽게 해 주는 '끈기'는 빨리 닳아 없어질 수 있는 요소이다. 항상 확신과 끈기가 채워져야, 어떠한 현실에서도 연속동작이 가능해진다.

강약 리듬에 맞추어 '칸타빌레하게' '노래하듯이' 살아보자.
'멈춤'이 아닌 살아있는 '흐름'을 타고 살아가자.

이탈리아 '밀라노 두오모 성당'
베르디 국립음대가 있는 도시. 밀라노

죽지 않는 한
포기하지 마라

재도전
- 췌장암

네가 명심해야 되는 교훈이란다.

다시 해 보렴. 처음에 성공하지 못했더라도 다시 해 보렴.

- 윌리엄 에드워드 힉스 -

엄마가 췌장암으로 중환자실에 계실 때의 일이다. 아주 소량의 식사만 가능할 때라서 청정지역 다슬기, 췌장암에 좋은 특허받은 올리브오일, 녹즙, 정성스레 만든 죽, 아미노산, 베리류 등 특별히 효과가 좋다고 하는 것을 다 수소문해서 드렸다.

병원에서의 치료도 다양한 방법들이 있었다. 문제는 체력이었다. 아무것도 못 드시니까 영양사께서 "라면이라도 드시게 해 보세요" 하는 말에 깜짝 놀랐었다. 나는 "환자에게 라면?" 하고 놀라며 기절하는 줄 알았다. 그런데 "너무 안 드시면 돌아가실 수 있어요. 한 가닥이라도 드실 수 있고 입맛을 살릴 수만 있다면 괜찮습니다. 어차피 몸에 안 좋을 만큼 많은 양을 드시지도 못하잖아요"라는 대답을 들으며 그때서야 알았다. 극단적인 상황, 케이스 바이 케이스의 상황을 잘 알아보고 대응해야 한다는 것, 맹목적으로 일반화시킬 수 없다는 사실을 알게 된 것이다.

'황금비율'이라는 것이 있다. 약도 양 조절이 잘 되어야 한다. 모든 것은 적절한 타이밍에 필요한 것을 2%만 채워줘도 위기를 극복하고 새 힘을 얻어 살아갈 수 있다는 것이다.

이런 관점에서 보면 우리의 가치관도 변화가 필요하다. 주변 사람들과 사정을 깊이 나누고, 가까이 가려는 삶이 변화를 받아들이는 데 얼마나 중요한가? 응급실 의사, 중환자실 영양사, 간호사처럼 현재 지금의 나를 긴박하게 흘러가는 리듬 안에서 볼 수 있는 안목은 함께하는 것이다.

아무리 잘 지내고 있었다 해도 죽음이라는 것은 우리에게 꼭 오게 되는 일이다. 엄마도 말로 다 할 수 없는 치료과정을 이겨내시고 희망을 가지고 모두가 혼연일치가 되어 기도하고 노력했지만, 운명의 시간이 다가오고 있었다. 마지막 숨을 거두실 때 너무나 먹먹했고 당황했던 그 순간은 아직도 기억이 난다. 임종의 시간을 함께하는 그 순간에 같은 경험이 있는 친한 언니가 곁에 있었다. 그는 이런 말을 해 주었다. "래하야, 엄마한테 다 못 한 말,

하고 싶은 말 있으면 지금 망설이지 말고 해." "몸의 모든 감각이 끊기더라도 숨을 거두고 나서 몇 시간 동안 듣는 것은 가능하다고 하니까, 울지 말고 어서 말해 봐. 엄마가 들으실 거야."

최선을 다하지만, 나의 관점으로는 보이지 않는 것을 밝혀주는 다른 눈이 되어 주는 사람들과 함께 성장하는 것이 항상 재도전하고 새로운 힘으로 나아갈 수 있게 해준다는 현실적인 가치관 변화의 중요성을 배우게 되었다.

목숨 걸고 하기
- 새벽 글쓰기

우리가 살아있다는 것은 아직도 가야 할 길이 있다는 것.
-다나카 순타로-

사방이 막힌 것처럼 느껴지는가? 말 못 할 사정이 있는가? 하늘을 한번 보자.

알고 보면 세상에는 목숨 걸고 사는 사람들도 많다. 알프스 지역의 산을 다니면서 스카이다이빙, 짚라인, 패러글라이딩, 행글라이더, 번지점프 등 위험한 스포츠를 즐기는 사람들을 멀리서만 보았다. 한국도 산이 많은 나라다 보니 이런 취미를 즐기시는 분들이 상당히 많아지고 있는 듯하다. 이러한 스포츠를 직접 해 볼 수도 있겠지만 영상 한번 보고 시각화해 보자. 몇 년째 망설이고 답도 없이 지내는 무언가에 번지 점프하는 기분으로 도전해 본다.

체력을 기르자. 처음에는 누구나 마음만 먹으면 할 수 있고 어떤 일보다도 쉬워보일지 몰라도, 계속 스토리가 나오는 시점에서는 몸살 날 정도로 기운이 딸린다. 우선 꾸준히 쓰면서 말하고 행동하고 움직이자. 글을 쓰는 행동은 실제로 해 보면 엄청난 운동 효과가 나온다.

하다 보면 습관이 되서 몸이 익숙해져 있을 수 있다. 겁내지 말고 새로운 루틴의 변화를 시도한다.

저녁 연주가 많았던 때는 밤늦게 집에 들어오고 늦게 자는 습관이 있었다. 이제는 연주나 강의가 있을 때라고 해도 일찍 자고 새벽에 일어나는 습관으로 하루 루틴을 바꾸었다. 새벽에 일어나 9시가 되기 전까지 집중력이 최고에 달한다. 다방면의 일 처리를 해야 할 때는 맑은 정신인 새벽이 좋다. 정적을 깨고 나오며 영감이 잘 떠오르는 축복의 시간이다. 이때 필사를 하거나 나의 생각을 적어본다. 그동안 했던 것과 반대로 하거나 새로운 환경을 만들어서 해 보는 것은 표시가 날 정도로 달라지는 결과를 만들어가며 특별한 과정을 거치게 되기 때문에 해볼 만하다. 자신과의 만남의 범위를 확장시켜 보자.

역경
- 음악 전공

충분히 간절히 원하지 않는 사람들에게 역경은 그만두라고 말합니다.

역경은 그런 사람들을 단념하도록 하기 위해 존재합니다.

- 엠제이 드마코-

나의 경우, '힘들다'라는 감정이 올라오면 세 가지 갈림길이 생긴다. 같은 방법으로 좀 더 계속할지? 다른 방법으로 계속할지? 관두고 안 할지? 장애물이 많고 역경이 자주 닥친다면 한번쯤은 생각하게 된다.

한국에서 음악 공부를 하던 때도 한 번 휘청하는 시기가 있었고 유학 가서도 그런 위기는 또 찾아왔다. 귀국 후 활동을 하는 중에도 역경은 또 방해하러 나를 찾아왔다. 그럼에도 불구하고 역경을 역경으로 보지 않고, 전공을 할 방법을 찾아 꾸준히 해 왔다.

일반적이고 객관적인 관점에서 너무 뻔한 조건들에 미리 무너질 필요는 없다. 선택은 주어진 환경과 항상 비례하게 나타나지 않는다. 예외의 케이스도 많다. 진정 원하고 어떻게든 하려고 하면 역경은 역경으로의 역할을 멈추게 된다. '하늘은 스스로 돕는 자를 돕는다'라는 말이 현실이 되어 나타나게 된다.

플루트를 배우고 고3이 되어 입시를 치르고 온 여학생 제자가 있었다. 엄마와 진로를 위한 상담을 하는데, 올해 갈 수 있는 대학에 진학을 할지? 재수를 생각해 볼지?라는 상담 중 이런 말씀을 하셨다. "우리 딸이 입시를 치르기 전에는 조급한 마음이 있었는데 오히려 시험장을 다녀오더니 마음이 바뀌었어요." 재수, 삼수하는 언니들을 보더니 뭐든 해 보고 싶었는데 늦어서 안 될 거라고 생각했던 불안감을 극복할 수 있었다.

한편 제자의 오빠는 부모님의 반대로 음악을 드러내서 못 하고 다른 직업을 생각하고 살다가 군대 제대하고 30살이 넘어서 "아무래도 난 음악 안 하고는 못 살겠다."라고 하면서 늦어도 좋고 부족해도 좋고 1등이 되지 않아도 좋으니 제발 음악을 해야겠다고 단호히 의사표시를 했다는 것이다. 부모님이나 세상의 일반적인 기준보다는 진정 하고자 하는 일을 시작할 때가 가장 보람되고 빠른 길을 선택했다고 볼 수 있다

이 외에도 여러 가지 감동을 주는 이야기들이 있다. 국가 유공자인데 문화센터에서 레슨을 받다가 전공 레슨 몇 번 받고 죽도록 준비해서 대학입시에 합격한 학생도 있었다. 플루트는 경쟁률이 굉장히 센 편인데 호흡이 워낙 좋다 보니 소리에서 큰 차이를 낸 것이다. '축 입학'을 하고 그 후에도 부족함 없이 대학생활에 기특하게 잘 적응하고 좋은 성적을 내었다.

돌 바닥 사이를 뚫고 나오는 풀잎을 본 적이 있는가? 봄이 되면 간혹 그런 신기한 풍경을 목격하게 된다. 절망 속에서도 얼마나

의지가 강하면 그 돌의 틈을 뚫고 나올까? 생명의 존귀함, 위대함에 고개 숙이게 된다. 환경 탓하기 전에 내가 진정 무엇을 원하는지? 꼭 해야 하는 이유가 무엇인지? 계속 원하는지? 질문해본다.

강력한 이유와 간절함이 있다면 상황을 뛰어넘게 해 줄 것이다. 지속적인 강력한 이유를 매일 찾아보자. 나도 몰랐던 힘이 어디선가 나오기 시작하는 것을 체험하게 될 것이다.

조병인 관장님과 담당자 분의 초청으로 이루어진
강남장애인복지관 10주년 서울유니버셜오케스트라 지휘

강남장애인복지관 MOU 체결 기념 허명관 관장님과 함께

진짜 실패를 하지 않으려면
가짜 실패를 많이 해야 한다

가짜 실패
– 알아가는 과정

이름을 알고 나면 이웃이 되고

색깔을 알고 나면 친구가 되고

모양까지 알고 나면 연인이 된다.

–나태주 '풀꽃'–

우리는 이런 질문 앞에서 어떤 대답을 할 수 있을까?

"나는 얼마나 만족한 삶을 살고 있는가?"

이탈리아에서 유학 3년차가 되었을 때 프랑스 파리국립고등음악원 알랑 마리옹 교수에게 사사하기 위해 프랑스 파리로 먼 여행을 시작했다. 언어가 전혀 안 되는데 용감하게 그냥 간 것이다.

230

지금 생각해보면 간신히 이탈리아어를 하기 시작했는데 프랑스어까지 하려니까 머리에 쥐 나는 줄 알았다. 그렇게 몇 년이 흐른 후 스위스에서 유학하면서 프랑스어를 잘하게 되었고, 뮤직캠프에 참가했을 때는 교수님께서 프랑스어가 놀랍게 늘었다고 칭찬해 주셨다.

그 캠프에서 독일 친구가 했던 이야기가 기억난다. 프랑스 유학 가서 알랑 마리옹 교수님한테 배우고 싶은데 모든 서류가 프랑스어로만 되어 있어서 난감하고 머뭇거려진다는 말이었다. 그 친구의 실기 실력은 충분히 도전할 만했는데 유럽사람들 사이에서도 언어장벽이 있다. 필요한 언어를 구사할 수 있는 것은 행운이다. 실패를 했다면, 어렵다고 느낀다면 내가 재능과 끈기가 없는 것이 아니라 누구나 그렇게 느낀다는 사실이다.

진짜 나를 위해 좋은 것은 무엇인지 알아보려고 했는가? 알랑 마리옹 교수님께 이런 질문을 했었다. "교수님 저는 음악성은 좋다고 하는데 너무 심하게 떠는 게 큰 문제예요. 어떻게 하면 좋을까요?" 대답은 "너무 안 떠는 사람도 있어, 거의 느낌 없이 무감각으로~ 아! 그런 사람 정말 음악 하겠다고 계속 레슨 오면 난감해." 떨린다는 느낌! 꼭 있어야 하는 거니까 없애려고 하지 말고, 조절하면 된다고 강조하셨다.

이후 수없이 많은 무대에 서면서 멘탈 강화가 이루어진다. 음악 활동은 여리기만 했던 나를 강하게 만들어주는 데 정말 효과적이었을지도 모른다. 예리함과 유연함은 실패를 바로 보는 큰 무기가 되어 긍정적 역할을 한다.

제발 '조급함' 그 고통에서 벗어나자. 나 스스로를 디테일하게 설득해주자. 보살펴주자.
가짜 실패를 인정하는 만큼 성공이 다가오고 있다는 것을 느껴 보자.

허들
- 교육자의 길

장애물을 허들로 보는 걸 선택했다면, 그걸 뛰어넘을 수 있다.
-벤 카슨-

성공한 사람들은 보통 사람들보다 문제가 적었던 것이 아니다. 하지만 똑같은 현실을 바라보는 시각에 차이가 있었다. 어떠한 것도 자신이 앞으로 나아가고자 하는 걸 막지 못한다라고 믿고 결심하며 행동한 것이다. 우리의 앞길을 막고 있는 장애물을 장벽으로 보게 된다면, 아무것도 시도할 수가 없게 된다. '다윗과 골리앗'의 이야기는 큰 교훈을 주는 이야기이다. 꾸준히 하는 작은 습관들에 확신이 설 때, 눈앞의 막막함이 통쾌하게 해결될 수도 있다.

연주를 할 때는 말을 삼가고 음악세계에 충분히 들어갈 수 있어야 한다. 반면 주니어나 청소년을 지도할 때는 부모님과의 상담에 필수가 되는 조건들을 갖추어야 한다. 점차 가르치는 교육자의 길을 걷다 보니 선천적인 나의 모습도 달라지고 있었다. 자연스럽게 상담을 하게 되고 말도 많이 하게 되고 목소리도 조금씩 커지기 시작했다.

처음에는 말을 조금만 해도 목이 아파서 힘들었을 정도였다. 하지만, 학생들에게 진로를 가이드해 주면 감사해하고 만족해한다. 달라질 수 있다는 희망을 갖고 기뻐하는 모습을 보고 보람을 느끼기 시작했다.

말하는 것도 연습이다. 나에게는 일상생활 속의 장애였고 힘듦이었는데 이제는 술술 나올 때도 자주 있다. 두려움으로 너무 멀리서 바라보고만 있지 말고, 가까이 다가서서 시도해 보자. 그냥 하다 보면, 어느새 쉽게 가능할 수도 있다.

중국 사천음악대학 학생들 마스터 클래스를 마치고

성패
- 감정 숫자로 표기

"우리는 스스로를 찬찬히 들여다볼 수만 있다면
세계를 읽어낼 수 있습니다."
-미루야마 겐지(일본의 소설가)-

성공과 실패를 합해서 성패라고 한다. 일상에서 성공과 실패는
하루에도 수도 없이 반복된다. 그러고 보면 자만도 좌절도 할 필
요가 없다. 그러한 감정 소모는 헛되고 헛되고 헛되다. 감정 소모
에 시간을 쓰는 일이 더 큰 실패를 야기하는 것 같다.

요즘은 외식을 쉽게 할 수 있는 세상이다. 배달의 민족이 나온
후로는 배달이 안 되는 음식은 거의 없고 음료까지 배달이 된다.
'요리'라는 것은 꼭 잘하는 사람만 하는 것이 아니다. 외식을 안
하려면 요리를 해야 한다. 요리가 좋아서 할 때도 있다. 나 역시
한번쯤 해 보는 그 기분으로 시작한 것이다. 하지만 어느 새 나도
모르게 김치 담그고 효소 담그는 양이 늘기 시작했다. 케이크도
만들어 본다. 달달한 게 땡길 때가 있다. 만들면서 스트레스를 풀
고자 시작했는데 간혹 '괜히 했다. 그냥 쉴 걸 그랬나 보다.' 하는
생각이 들 때도 있지만, 꽤 만족스럽게 나오는 경우도 있다.

이런 간단한 요리도 맘대로 안 되면 상실감이 크게 오기도 한다. 이처럼 아침부터 나의 하루 스케줄 중에 사소한 일들도 성패가 갈린다. 컨디션이 안 올라오거나, 우선순위 타이밍을 잘 모르거나, 솔직히 코드 안 맞는 사람과 같이 있으면 이래도 저래도 불편하다.

성공의 아이콘인 빌 게이츠도 초창기의 윈도우를 서둘러 발표했다가 처리 속도가 느리다고 욕을 먹은 적이 있다고 한다. 성공한 사람으로 유명세를 타고 지내고 있는 동안도 우리가 알지 못하는 어떤 부분은 실패가 일어나고 있고, 실패했다고 동정을 받고 있는 사람도 조금씩 성공을 체험하면서 달라지고 있을 수도 있다. 즉 전체적으로 플러스 마이너스 저울질해 보면 크게 차이가 없다.

내가 유치원 때 주산학원을 다니면서 수학 선행학습이 없던 시기에 무려 1년 과정을 선행학습을 했었다. 여기서 질문 하나! 생활에 수학을 적용하려면 어떻게 해야 할까? 나는 일어나는 감정을 숫자로 보기로 했다. 고통의 '임계점'에 도달하면 '방향 전환'이 이루어지기 시작한다. 자세히 들여다보면 지금은 답답하고 불안하지만, 오히려 멀리 볼 안목이 없었던 일상에 '멈춤'을 통해 '멀리' 보는 연습을 하고 있는 것이 아닐까?

새롭게 알게 되고 하게 되는 일들에 감사하며 살아간다. 반복하는 과정 속에 달인이 되어간다. Shakira가 부른 'Try Everyting'이라는 곡을 즐겨듣기 목록에 올려놓고 자주 들어보자. 남이 '한 번' 하면 나는 '백 번 천 번'도 해보자.

답이 아니라
조언을 구하라

정답
- 없다. 방법이 많다

주는 만큼 받아야 한다고 생각하지 마라.

아낌없이 주는 나무가 되어라.

시작도 하기 전에 결과를 생각하지 마라.

- 빌 게이츠 -

선택의 기로에서 답을 찾는다. 하늘의 음성을 직접 듣고 싶을
정도로 막막하고 급할 때가 있다. 참아야 하는가? 표현해야 하는
가? 도시의 생활은 더욱 그러한 것 같다. 나이가 들어가면서 고
정 관념에서 조금씩 깨어나기 시작한다. 이러한 상황에서 직관과
순간의 재치가 있다면 축복받은 인생이다.

무엇을 해야 할지 어떤 것을 선택해야 할지를 알고 싶고 물어

보고 싶다. 갑자기 들어온 일을 어떻게 하면 가장 잘했다고 할 수 있을까? 연주 의뢰가 겹치는 경우도 있다. 어떤 일을 선택해야 할까? 방송이나 뮤직비디오 촬영 같은 처음 시도하는 창작물일 경우는 더욱 그러하다. 그 어느 것도 놓치고 싶지 않은데 협상을 조율하는 데 재치가 필요하다.

섭외가 들어오는 경로도 다 다르고, 주변에 물어볼 곳도 없고 그 즉시 잘 대응해야 성사가 된다. 성사된 후에도 모든 과정이 우여곡절이 많다. 한 가지 문제에 답을 줘도 그다음 문제에 또 답이 필요한 셈이다. 문제는, 답을 준다고 해도 얼마만큼의 순발력과 실행력을 발휘하는가이다.

전 세계 모든 사람들은 쌍둥이라고 해도 같은 경험을 하고 살지는 않는다. 핵심은 비슷한 것 같아도 처한 상황이 다 각기 다르기 때문이다. 나와 세상, 나와 일의 거리 조절에 대해 생각해 보았다. 예술의 전당 근처에 있는 나의 스튜디오 작업실을 방음 공사하면서 알게 되었다. 벽 자체 두께를 몇십 센티미터로 두껍게 하는 것보다 방음 장비의 두께는 얇아도 벽과 벽 사이의 공간을 두는 것이 훨씬 방음 효과가 좋다는 것이다.

짧은 인생! 리스크를 줄이고 시간을 단축하자! 유능한 인재를 찾아 효율적으로 뛰게 하면서 현명하게 대처하는 법을 매일 체험하자.

세상이 너무 빠르게 발전하고 정보의 홍수 속에서 살고 있다. 혼돈에서 벗어날 나의 중심을 지키며 평화의 존으로 들어가자.

조언
- 오픈 마인드

간섭과 조언의 차이는 내가 괴로우면 간섭이다.
-마윈의 뼈 때리는 조언-

마윈을 아는가? '중국의 빌 게이츠'로 꼽히는 그는 미국 경제지 〈Fortune〉이 선정한 '가장 위대한 지도자 50인' 중 2위에 오르기도 했다. 55세 생일이자 알리바바 그룹 창립 20주년인 2019년도에는 1년 전인 2018년의 빌 게이츠 마이크로소프트 창업자처럼 교육 자선 사업에 매진하겠다며 은퇴를 선언했다.

'답'이든 '조언'이든 본인이 답답하니까 질문하면서도 자기 생각이 꽉 찬 사람은 듣기도 괴롭고, 무슨 말을 해도 못 받아들이는 사람들이 있다.

"나의 성공은 돈, 기술, 계획이 없었기 때문입니다. 실제로 기회는 어디에나, 누구에게나 있어요. 대학 졸업을 하고 30번이나 취직 시험에 떨어져 결국 영어 교사가 됐지만, 결국 지금 이 자리에 있을 수 있었던 것은 돈과 기술, 계획이 없었기 때문이라 생각합니다." 주변을 돌아보라고 한다. "사람들이 불평불만을 갖는 곳과 변화 속에 반드시 기회가 있으니까요."

"변화에 끌려가는 것이 아니라 스스로 변화를 만들어내야 합니다."
"대기업이나 당장 좋은 조건이 아닌 자신을 성장시켜 줄 코치가 있는 곳을 선택하세요."

'Nerver Give Up' 마윈의 책에서 말하는 조언이다. "당신의 심장이 빨리 뛰는 대신 행동을 더 빨리 하고 그것에 대해 생각해 보는 대신 무언가를 그냥 하라."

멘토, 책, 친구의 조언은 상황을 보게 하고 흐름을 파악하게 해주지만, 결국 무엇을 어떻게 할지는 나의 선택이다. 나는 어디에 속하는가? 혼자 생각하고 행동하는가? 조력자가 있는가? 매일 점검해보자.

준비된 자
- 가진 그릇만큼 받는다

그들에게 자유를 주면 함정이라고 말하고,
작은 일을 주면 돈이 안 된다 말하고,
큰일을 주면 돈이 없다고 말한다.
-마윈의 뼈 때리는 조언-

긍정은 긍정을 낳는다. 부정은 부정을 낳는다. 유전자 DNA와 유사하다. 나는 어려서부터 타고난 기질과 성향이 있었다. 꼼꼼하고 성실하고 계획성이 있는 아이였다. 정직했고 저축도 잘했다. 즉흥성을 띄는 일에 난감해했다. 누군가 나에게 약속을 지키지 않으면 너무 많이 힘들어했다.

하지만 장인 정신으로만 계속 밀고 나갈 수는 없는 것이었다. 그래서 부족한 부분들을 채워가다 보니 다시 원래 나의 성향이 흐려지는 것을 발견하게 되었다. 그렇다면, 어떻게 밸런스를 맞추어 성장할까? 고민하게 되었다.

20대 초반에 영국 여행을 하면서 배운 점이 있다. 영국에서는 오후 5시가 되면 티타임을 확실히 지키고 여유와 휴식을 즐기는 전통 문화가 있다. 상당히 많은 차를 보면서 감탄했다. 시간을 지킬 때는 빈틈없이 지키지만 쉴 때는 쉬는 문화.

이러한 전통과 오후 5시의 의미도 알게 되었다. 특별히 능률이 많이 오를 수 없고 충전을 해야 효과적인 시간대가 오후 5시라고 했다. 그럴 때에 평온함을 찾아주는 것이 좋다는 과학적 근거도 있다고 한다. 새로운 환경과 문화에 적응해 본다. 마윈의 조언이 함께 떠오른다. "일단 목표를 정했다면 '가장 쉽게 갈 수 있는 길'을 찾아가라고 당부드리고 싶습니다." 엄청난 파워가 느껴진다.

계획을 세우고 데드라인을 맞추는 일에 적응하는 훈련은 과거의 일상에서 빠져나오게 해 준다. 즐겁게 계속 할 수 있는 일, 힘든지 모르고 계속 할 수 있는 일, 계획보다는 지금 나를 살리고 희망을 주는 일들과 삶의 내용에 집중한다.

모든 것을 갖추었는데 나의 수명이 내일까지라고 한다면 무엇을 할까? 어떻게 살아갈까? 인생 2막이 시작된다. 평안하고 즐거운 인생, 느림의 미학과 속도와의 관계, 모든 지능과 한 번씩 놀아본다.

다중 지능, 7개의 지능을 총동원해 보기 바란다. 언어 지능, 논리수학 지능, 신체운동 지능, 공간 지능, 음악 지능, 대인관계 지능, 자기성찰 지능 관점에서 다양한 지능 여행을 통해 가장 쉽고 빠르게 즐길 수 있는 나의 인생 그릇을 키워보자.

내가 버텨내지 못할
실패는 없다는 생각으로 행동하라

꾸준함
-목표

희망도 절망도 없이 담담하게 써 내려간다.

—하루키의 글 쓰는 두 가지 조언—

유난히 성장하고 싶은 욕구가 강하게 올라올 때가 있다. 의식적이든 무의식적이든 변화가 필요하고 변화를 원한다. 외부의 급변하는 상황에 적응하기는 바쁘고 내면의 정체됨에는 지루함을 느낄 때 이런 현상이 강하게 오는 것 같다. 여행을 떠나고 싶다. 쉬고 싶다. 사우나라도 가고 싶다. '마사지 받으면 몸이 좀 풀릴 것 같다'라는 생각이 들 때가 바로 이런 때이다.

우연히 고등학교 동창 블로그에 들어갔는데 글을 담백하게 잘 쓰는 것을 보고 나를 더욱 더 담금질해야겠다는 생각을 했다. '글

쓰는 것이란 무엇인가?'를 알아보기 위해 포털 사이트를 검색해 보았다. 우연히 '하루키가 청년들에게 건네는 두 가지 조언'이라는 영상을 보게 되었다.

하루키는 매일 20매의 원고를 쓴다고 한다. 나도 새벽에 일어나서 매일 원고를 쓴다. 무엇이든 쓰기 시작하고 매일 양을 늘려갔다. 묵묵히 꾸준하게 계속하다 보니 어느 순간 내 안에 무언가 일어나고 있었다. 그것이 일어날 수 있을 때까지 참고 기다려야 한다고 한다. 원고를 쓰는 일도 좋고 다른 일도 좋다. 단, 수동적이고 소비적인 일이 아니라 능동적이고 생산적인 일을 선택한다. 그러면 '침묵 속에서 새싹이 땅을 뚫고 올라오는 힘'을 느끼게 된다.

'마음이 지쳐서 기도할 수 없고, 눈물이 빗물처럼 흘러내릴 때' 그럴 때 묵묵히 그냥 적어본다. 실패로 인해 생긴 상처, 칼에 맞아 피가 철철 나는 심장처럼 아픔을 주체할 수 없을 때 섬세한 글로 구석구석 상처를 치유할 수 있다. 일렁이는 감정을 바라보며 묵묵히 행동하다 보면 진짜 힘이 나온다.

매일 글을 쓴다. 매일 연습을 한다. 매일 레슨을 한다. 매일 긍정 영향을 주는 사람들과 통화를 한다. 매일 목표를 상기시킨다. 매일 목표를 향해 달려간다. 매일 책을 쓴다. 매일 수업 커리큘럼을 새롭게 업그레이드한다. 매일 연주곡을 체크 한다. 매일 편집 기술을 익힌다. 매일 정리 정돈을 한다. 매일 기분 좋은 휴식 선물을 한다. 매일 새로운 관계를 디자인한다.

아지랑이처럼 피어오르는 그 힘! 생산의 힘! 좀 더 자주 느끼고 살아보자.

매일 몇 글자 쓰는 것이 습관이 되면, 다른 많은 것들을 매일 하는 것으로 발전하게 된다.

마력과 같은 힘이 들어오는 것이 느껴질 것이다. 신나게 한다.

체력
- 단전호흡

기초 체력 만들기

-하루키의 글 쓰는 두 가지 조언-

하루키는 전업 작가의 길을 선택한 후 매일 달리기와 수영으로 기초 체력을 다졌다고 한다. 신체를 유지하는 능력 없이 의지만으로는 어떤 일이든 불가능하다고 한다.

글을 쓰는 일은 육체적 노동이 아니라 정신적 노동으로 보인다. 그런데 직접 해 보면 하루키의 조언을 실감하게 된다. 아이디어라는 것이 계속 앉아 있다고 떠오르는 것이 아니다. 흐름을 타고 영감이 떠오를 때는 집중해서 더 많은 양을 더 긴 시간 동안 해야 하는데 쉬어 버리면, 맥이 끊기고 다시 작업을 하게 되면 한참을 끌어 올려줘도 그 느낌을 찾기가 어려워진다. 그렇기에 운동은 필수가 된다.

체력이 떨어지면 사고능력도 함께 쇠퇴한다고 한다. 나는 글쓰기를 하면서 끙끙대고 몸살을 앓다가 규칙적인 운동을 선택한 경우이다. 좋아해서 가끔 했던 산책을 좀 더 자주 규칙적으로 하기 시작했고, 신나는 음악을 들으면서 춤을 춘다. 배워서 하는 운동은 아니지만 에너지 소모가 큰 운동이 된다. 글쓰기를 하는 과정에서는 요란하게 생각과 마음과 몸을 흔들어 주어야 차분하고 지적인 상태를 만들어 줄 수 있다. 억눌려있는 조용함이 아니라, 밝고 환한 온화함을 찾아준다. 강아지 몸 털듯이 그때 그때 털어주는 작가의 일상은 정신을 맑게 해준다.

생각을 다 털어내 주는 일. 또 수정하고 편집하고 다듬어 가는 일. 고요와 평화를 향한 요란한 브레인 운동이다.

머리를 많이 쓰는가? 머리가 무거운가? 머리가 뜨거운가? 두통이 오는가?

불면증, 건망증도 심해지고 있는가? 허리를 펴고 배의 압력을 올려주자!

관악기 전공으로 세계적인 대가를 찾아다니면서 매일 매일 체득하게 된 방법이다. 아름다운 소리가 계속 유지되려면 힘과 탄력성이 필요하다. 연주할 때 호흡이 끊기지 않게 노래하듯이 일을 할 때는 노래하듯이 몰입한다. 선천적으로 생각이 많고 분석

하는 능력이 발달된 나는 연주에서만큼의 분석력이 일상생활에서 어떻게 적용될 수 있을까? 생각해보았다.

매 순간 나의 행동 하나가 음표 하나라면,
바로 다음에 오는 행동은 그다음 음표가 되어 운율을 따라 표현해본다.

다른 어떤 조언보다 이 실천을 하면서 라이프 스타일이 다이내믹해지기 시작했다. 그동안 긴긴 세월 동안 나는 음악가로 살았는데 나의 인생은 지휘자가 보는 오케스트라 총보를 보듯이 보고 있지 않았구나. '음악을 하고 있는 동안은 너무나도 스릴 있고 행복했는데 나의 인생은 그래서 어려웠구나.' 솔로, 앙상블, 오케스트라의 음악을 삶에 적용하기 시작했다.

감정을 털어주는 글쓰기와 단전호흡! 힐링 라이프&뮤직이 삶에 계곡물처럼 기분 좋게 스며들게 적용해보자. 스트레스를 해소해주는 마음 운동과 몸을 위한 운동으로 '체력'을 길러가보자.

행운
- 상쾌한 리듬 파동

"바쁜 파동에 손님이 모여든다."

"한산한 파동은 손님을 멀리한다."

―사이토 히토리―

실패를 한 사람에게도 행운이 오고, 성공한 사람에게도 행운이 온다.

행운은 무료 입장권이라고 한다. 모두에게 행운은 있다. 기회가 있다. 행운의 무료 입장권을 들고 초대된 행사장에 들어간 후, 무엇을 선택하고, 버려야 할지, 어떤 능력을 키울지, 어떤 액션을 취할지 막연히 서서 두리번거리고만 있다면? 행운은 곧 퇴장할 시간을 맞이하게 된다. 새로운 사람을 만나서 얼마나 친해지느냐와 비슷하다. 그냥 무조건 오래 머물러 주지 않는다.

사이토 히토리는 이렇게 말한다. 많은 상인들은 '자기 영업 시간 외에는 손님이 되어 자기 마음대로 행동한다' "이런 식으로 행동을 바꾸어야 하니 피곤할 수밖에. 하지만 사람은 한 가지 신분을 유지하면 피곤하지 않아." 받아들이기 나름이다. 그렇다면 항상 긴장해야 하는 것 아닌가? 라고 생각할 수도 있다. 그런데 사이토 히토리의 글을 보고 '왜 좋아하고 사랑하면서 기쁨을 주는 일을 하면서도 무의식중에 힘들었었는지?'를 알게 되었다. 긴장의 문제로만 보았던 나의 관점만 바꾸면 깔끔하게 정리가 되는 일이었다.

쉼표는 필수적이고 효과적이다. 그런 쉼표와 재충전을 위한 이완을 즐기는 시간에도 신분과 입장은 늘 일관성이 있어야 피곤하지 않은 삶을 살게 되고 연결이 잘된다는 것이다. 나의 신분에 대한 태도를 말해 주고 있는 것이다. 사이토 히토리의 말을 빌리면 "늘 명랑하게 지내는 사람이 프로 상인이다." "이 점을 깨닫고 몸에 익히면 손님도 끌어들이고 그 흔한 마음고생도 없어지므로 즐거운 기분으로 상인의 길을 갈 수 있다."라고 한다.

무대에서의 표정, 느낌, 교육할 때의 준비하는 자세. 빠른 파동은 일에 쫓기는 조급함, 막연한 불안감, 혹시나 하는 두려움이 아니다. 빠른 파동은 즐거움이고, 재미이고, 흥미이고, 편안함이다. 즐거움을 탄생하게 하는 리듬 몰입과 편안함을 동시에 느껴볼 수 있을까?

좋다는 것을 체험했다면 이제는 의도적으로 상쾌한 기분을 유지해보기 바란다. 조용하지만 거대한 힘이 올라온다.

나는
어디에
속하는가?

매일
점검해보자.

Chapter 4

결국
인생의
성공은
나에게
달려있다

좋은 날을 하나씩 쌓아
좋은 인생을 만들어라

나 기록하기
- 사진과 영상

인간은 교육을 통하지 않고는 인간이 될 수 없는 유일한 존재다.

-칸트-

인간은 '만물의 영장'이라고 한다. 그런데 가만히 살펴보면 태어나서 혼자 걷기를 하는 데만도 동물들에 비해 너무 긴 시간이 필요하다. 신체 발달과정만 그런 것이 아니다. 인성을 얼마나 갖추었는가?를 보면 간혹 동물보다 못한 인간들이 더러 있다. 이 도대체 어찌 된 일인가? 하고 알아보니 인간은 후천적인 환경과 교육으로 만들어 갈 수 있지만, 인내가 필요하다. 시작 단계는 동물보다 못한 것처럼 너무 긴 시간을 들여야 하지만, 그런 시스템으로 만들어진 인간은 더 많이 더 멀리까지 나아갈 수 있는 존재인 것이다.

현대에는 생활의 편리함을 누릴 수 있는 것들이 많다. 우리의 글, 사진, 영상을 쉽게 남기고 소중함을 담는 새로운 세상을 열어 가는 것이다. 블로그, 페이스북, 유튜브, 카카오스토리 등에 자유롭게 사진과 영상을 올릴 수 있다. 다행히도 쉽게 사용할 수 있는 보정 앱들이 발달되어 있어서 그 덕을 톡톡히 보고 있다.

보정을 하면서 상상, 시각화, 현실의 과정을 간접 체험해 본다. 많은 사람들이 '비디오'시대에 살면서 아직도 충분히 적응을 못하고 있는 것 같다. 친해지려고 매일 사진 한 장씩 찍고, 영상도 남기려고 노력하다 보면 새로운 소통의 문이 열리는 것을 알게 된다.

좋은 날을 기억하기에는 사진이나 영상이 최고이다. 먼 훗날 젊음의 감성을 살리려면 조금 일이 되는 것 같아도 적극적으로 자료를 남기고 잘 보관해야 웃을 일이 한 번이라도 더 생긴다. 특히 노년이 되어가면서 거동이 불편해지고 교류가 적어지면서 세상과의 단절이 느껴질 때 소식을 서로 알고 지내며 희로애락을 함께하는 다리가 되어 줄 수 있다.

이 이야기는 프랑스 국립 음악원 피에르 이브 악또 교수님이 15년 전 나에게 페이스북을 추천해 주시면서 얘기해 주신 말이다. 앞서가시는 분은 역시 생각부터 다르다는 것을 알 수 있다.

사람은 동물처럼 태어나자마자 홀로서기가 안 된다. 육체적 성장 과정도 그렇지만, 새로운 트렌드를 따라잡는 시대적 변화에 노력하는 사람들의 성장 과정을 봐도 금방 홀로서기 가능한 사람은 드물다.

처음부터 적응하기까지 '시간이 필요하다'라는 사실을 인정하자. 대신 훈련하면 얼마나 발전하게 될지는 아무도 모른다. 무한한 가능성을 열어두고 매일 좋은 기록을 남기는 일을 꼭 실천해 보자. 모인 사진, 글, 영상을 보게 되는 날! 더 나은 미래를 시각화하고 확신을 갖는 데 마중물이 되어 큰 역할을 하게 될 것이다. 나의 일대기, 추억을 컬렉션 해 보자.

20대 열정 그대로
- 사랑받기

상품에 반해야 한다.
- 사이토 히토리 -

"상인에게는 많은 것을 좋아하려는 노력이 필요하지. 일을 좋아하는 노력, 상품을 좋아하는 노력, 손님을 좋아하는 노력 등 많은 노력을 해야 해. 사람에게 무언인가를 좋아하는 노력은 쉬운 일이야. 일이 좋아지면 장사가 즐겁고 설레지. 왜냐하면 좋아하는 물건을 좋아하는 사람에게 권하니 이보다 즐거운 일이 없지 않겠나."

피콜로와 함께

상품에 반하면 즐겁게 돈을 벌 수 있다. '나'라는 상품에 반해보자.

요즘 나를 브랜드화하려는 시대에 사는 우리는 좀 더 좋아하는 노력이 필요하다. 나 자신과 나의 콘텐츠와 내가 하는 모든 일상이 상품이라고 생각해 본다.

팔아야 하는 상품이라면? 반짝이고 돋보이게 만들어 놓고, 자주 보고, 예쁘게 포장하고, 소중한 사람들에게 권하려고 할 것이다. 홍보도 많이 하고 자랑도 할 것이다. 장점이 뭔지 설명할 수 있도록 연구하고 정리해 둘 것이다. 어떤 유익함을 주는지도 알려주게 될 것이다. 행복하기 바랐고, 부자가 되기 바랐고, 건강하기 바랐고, 성공하기 바라면서 살아왔다. 그러던 어느 날 문득 "이대로는 안 되겠다!" 하며 20대의 열정을 되찾고자 열망하기 시작했다. 꿈, 희망, 미래를 향해 가슴 뛰는 일을 하고 살고 싶은 욕구가 본능만큼 강해지고 있다.

좋아하고, 좋아하고, 좋아하고, 좋아하는 사람에게 권하고, 좋아하는 사람들을 더 좋아하고, 더 알아가고 아껴주는 것이었다. 일상의 모든 소소한 개인적인 일이든, 직업적인 일이든, 관계적인 일이든 해야 해서 하는 무게감과 거품을 빼면 그 자체로 심플해진다. 이렇게 좋아하다 보면 인생에 꿈과 젊음을 찾아 줄 나의 사랑에 빠질 수도 있다.

내가 나를 더 좋아할 수 있게, 반하게 만들어 본다. 잘 보이려고 노력해 보는 것이다. 좋아하고 좋아함을 받고 둘 다 하는 게임 같은 일상은 1인 다역 팬터마임 역할극처럼 두뇌 활동량도 증가하게 된다. 예쁨 받을 일을 찾아 해 보는 것이다. 칭찬받을 일을 해 보는 것이다. "어떻게 하면 예쁨을 받을까?" "어떻게 하면 칭찬을 받을까?" "어떻게 하면 인기가 좋아질까?" "어떻게 하면 내 기분이 보상받고 좋아질까?" "나에게 무엇을 해 줄까?"

작은 변화가 미비해서 아직은 드러나지 않지만, 분명히 시작되었다.

궁합
- 어울리고 싶은 자리

엉뚱한 생각과 놀이 감각으로 발상의 폭을 넓혀가야 한다.
항상 놀이 감각으로 생각하면 한 발 앞이 보인다.
─사이토 히토리─

"생각은 열 걸음 나가더라도 실제로는 한 걸음만 나가야 되는 게야. 열 걸음을 나아간다면 10년 후에 빛을 볼 수도 있겠지만 9년 동안은 고생하며 살 수밖에 없지 않은가. 세상 사람들이 원하

256

는 것도 지금보다 한 발만 앞선 물건이고 그것을 내놓아야 팔린다네."

매력적인 것을 창출하기 위한 기본적인 사고는 좋은 것끼리 결합시키는 일이다. 그리고 그 응용은 끝이 없다. 그러나 그중 궁합이 맞는 것을 고를 줄 알 때 매력이 발생한다. 우선 책상 위의 물건부터 '끼리끼리' 배치해 보자. 나의 마음가짐도 궁합 맞는 것으로 방향을 정해본다.

매력의 기본은 '청결'이다. 잡다하고 지저분한 것은 예비 휴지통에 넣어두고 1주일 지나도 필요 없으면 버린다. 집의 모든 물건들이 점점 한눈에 들어오게 만든다. 중요한 것은 아주 쉽게 접근할 수 있게 가까운 곳에 둔다.

조명을 보면 눈이 부신다. 어떻게 하면 조명을 좋아할 수 있을까? 독일 유학 갔다 온 선생님들이 내 스튜디오에 와서 앙상블을 연습할 때 햇빛이 쫙 들어오는 순간 의외의 반응을 보였던 기억이 난다. 모두가 밝은 것을 좋아하지는 않는다. 이런 분들과 함께 있을 때는 은은하고 편안한 유럽의 간접등 분위기를 살려보는 것도 좋을 것 같다. 상황에 따라 사람에 따라 쾌적하다고 느끼는 밝기는 다르다는 것을 실감한 추억이었다.

'나의 원래 위치에서 한 발짝만 더 나아가면 된다.'

강렬한 열정은 잠시 휴가 보내주고, 가벼운 호기심과 관심으로 다가간다. 고급 장난감을 가지고 놀아본다. 이 과정 자체가 공간 테라피가 되어간다. 매력적인 공간을 만들면 영감도 마른 사막에 단비 내리듯 올 것 같다. 작은 공간부터 새롭게 탄생시킨다. 공간이 숨을 쉬기 시작한다. 그 안에서 매일 조금씩 놀아본다.

궁합은 비슷할 때 잘 맞기도 하고, 서로 반대 요소를 가지고 있되 부족한 부분을 꼭 맞게 채워줄 때 잘 맞기도 한다. 보는 관점을 새롭게 해서 어울림을 찾아 부지런히 움직여 보자.

점점 더 잘 어울리는 변화를 체험해보자.

베이스 플루트와 함께

성공은 완주가 아니라,
완주를 추구하는 것이다

골드 플루트
- 파우웰 · 돌체 플루트 아티스트

나에게 성공이란 람보르기니뿐이었다.

하지만 그걸 갖고 나니 그냥 이동 수단일 뿐이었다.

-김태광-

"영재들의 경쟁 바다! 예원학교에서 서울예고를 거치면서 골드 플루트 없는 학생도 있나?"

골드 플루트는 진짜 '금'으로 된 악기이다. 실감나게 표현한다면 잘게 자르면 반지가 수십 개가 나온다고 보면 된다. 세계적인 플루트 브랜드로는 브란넨 쿠퍼와 파우웰이 가장 많이 알려져 있다. 서울예고 때 고순자 선생님께서 "파우웰은 서양 사람들한테 더 잘 맞아서 동양인이 불기가 좀 힘든 악기일 수 있단다." "그런데 특별히 폐활량이 좋으니 불어보고 괜찮으면 파우웰로 선택해 보렴." 하고 조언을 해 주셔서 14K 골드 콤비 플루트를 구입하게 되었다.

다른 친구들도 거의 다 골드 플루트로 악기를 불고 있었다. 예원학교 시절 내내 "골드 플루트, 골드 플루트" 하고 노래를 부르고 다녔다. 지금 생각하면 부모님께 죄송스럽다. 말 안 해도 알고 계실텐데 나는 악기를 바꾸는 게 소원이라고 하면서 그렇게 악기만 바꾸면 '인생 고민 끝이다' '그다음에 올 고민은 고민도 아닐 것이다'라고 입안에서 항상 맴돌게 하며 지냈다. 그야말로 집착에 가까운 소망이었다. 엄마의 간절한 설득과 아빠의 행동력으로 소원 성취시켜주셨다.

'꿈의 골드 플루트'를 선물 받은 날부터 정말 불나도록 연습하고 잘 때는 악기를 품에 안고 잤다. 내 품 안에 두고 살았다. 악기는 자동차와 가격이 비슷하다. 그리고 그전 무라마츠 악기와 파우웰 악기는 소리 내는 주법이 너무나도 달라야 했다.

거의 1인 기업에 투자하는 것이다. 나이가 들어 가면서 경제개념이 조금씩 생기고 악기도 무겁고, 체력관리를 엄청나게 하지 않는 한 숨차서 한참을 불 수가 없기 때문에 점점 경제적 능력이 되시는 선생님들도 그냥 가벼운 실버 악기로 바꾸시는 경우가 많다고들 한다. 고급 외제차가 기름을 많이 먹듯이 관악기는 좋은 악기일수록 1분당 에너지 소모량이 커지게 된다. 좋은 악기를 가

이래하, 파우웰 돌체 플루트 아티스트

지고 좋은 소리를 누리고 싶으면 몸부터 만들어야 하는 것이다.

　나는 파우웰을 너무 사랑한 나머지 골드 플루트, 우드 플루트 (나무로 된 악기), 피콜로 골드키, 알토 플루트까지 파우웰 페밀리로 갖추고 파우웰·돌체 아티스트로 활동을 하고 있다. 베이스 플루트만 파우웰에서 나오는 악기가 없어서 다른 메이커로 사용하고 있다.

　결국 최고의 '로망'이 내 손안에 들어오면 '평범한 일상'이 되는 것이다. 과정 속에서 '지루함' '속태움'이 아닌 '소소한 즐거움'을 찾는 사람이 '성공'을 미리 체험하는 '알짜배기 성공자의 삶'을 누리는 것이다.

여행
- 미국 세도나

희망을 가지고 여행하는 것은 도착하는 것보다 더 소중하며,
진정한 성공은 바로 목표를 향해 노력하는 것이다.
- 로버트 루이스 스티븐슨 -

아이들을 보면 '희망'이 저절로 생긴다. 아무리 부족해도 '좋은 생각'을 하게 된다. '가능성'을 보여주기 때문이다.

나이 서른이 넘으면 자기 얼굴에 책임을 져야 한다고 한다. 지금 거울 한 번 보고 사진을 찍어 보면 어떨까? 유전으로 받은 얼굴의 생김새가 아니라 마음 상태가 얼굴에 다 드러나기 시작하는 나이라고 한다. 더 나이가 들어가면 당연히 주름살도 많이 생기고 살이 처지고 탄력이 떨어지고 피부색도 칙칙해지기 시작하고 건조하기까지 하는 것을 본다. 그런데 속사람의 됨됨이가 얼굴로 나오기 시작한다니 정말 거울 자주 보고 관리해야겠다.

미국 세도나에서 독주회를 하고 왔다. 온통 붉은 흙으로 뒤덮인 땅에서 느껴지는 특별한 자연에 압도되었다. 신비로운 자연 안에서 여행을 하고 수련과 아로마 체험을 하고 도시를 다니면서 맛있는 음식도 먹고 산에 올라가보기도 하고 넓은 저택에서 연습하고 자연을 감상하기도 했다. '선택하면 이루어진다'라는 강연을 듣고 특별히 마음의 소리로 연주를 해보는 시도를 했는데, 플루트 헤드 피스로만 운지 없이 음을 만들어서 내는 흥미로운 시간을 갖기도 했다. 또한 다양한 피리 연주가를 만나서 즉흥 연주하는 것도 보고 새로운 만남을 갖기도 했다.

이렇게 단순한 스트레스 해소가 아니라 근본적인 대화를 시도하는 시간! 시간을 가치가 높은 금으로 만드는 방법이 아닐까?

하지만, 속은 타고 있다. 잿더미가 되고 있다. 무의식은 나에게 소리치고 있다. 거의 비명 수준이다. '가치 기준'을 다시 명확히 세우고, '신념' 있는 여정을 즐겨보려고 노력한다. 계획이 없었는데 갑자기 일어난 일 처리도 하고, 계획했는데 맘대로 안 되는 일도 처리하고, 계획했는데 용기가 없어서 진전이 없는 일도 하나씩 쪼개어서 야금야금 해 나간다.

확실한 '존재감'을 가지고 '희망'과 악수를 나눈다. 매일 매일 반갑다고 인사 나눈다. '희망의 빛'은 나를 밝혀주고, 비슷한 사람들과의 만남을 경험하게 한다. 에디슨의 발명 같은 영감이 나의 머리에도 떠오를 수 있을까? 발명이 아니라 발견이라도!!

'꿈과 희망'으로 차 있던 '시간'이 과연 젊었을 때만큼 큰 비중을 차지하고 있는지? 체크해 본다. '행복'을 추구하는 삶, '희망'을 가지고 출발하는 삶을 시작해보자. '등불'을 밝혀주고 나서 움직이기 바란다. 내 눈에 보이는 만큼까지만 갈 수 있다는 것을 안다. '의식'을 밝히고 '마음 빛'을 밝히고 살아가는 '생명체'로 살아가자. '희생'하고 잃어갔던 시간들을 용서하자. '행복'하게 해 주자.

나의 현실 속에서 한 가닥의 빛이 보인다면 그곳에 시선을 집중하자. 그 힘으로 살아갈 수 있다. 나와 똑같은 빛을 보고 가는 사람이 있다면 행운이다. 그런 사람이 많다면 나는 지치지 않는 행군을 하게 될 것이다.

순간 포착
-3초의 법칙

자세히 보아야 예쁘다. 오래 보아야 예쁘다. 너도 그렇다.

-나태주-

튤립, 장미, 백합, 해바라기, 코스모스… 좋아하는 꽃이 뭐냐고 물어보면 자주 나오는 꽃 이름들이다. 그런데 나이 드신 분한테 "아름다우세요."라고 하면 괜히 불편하신지 내심 좋으면서도 "에이 뭐, 이제 할미꽃인데 뭐." 아니면 "이젠 꺾인 장미꽃이지 뭐." 라고 말씀하시는 분들을 더러 만나게 된다.

내가 꽃이라면 어떤 꽃이고 싶은가? 현재 나를 바라봐 주는 사람이 있는가? 나는 내가 멋 내는 것을 좋아하고 패션감각이 뛰어난 사람 중 한 명이라고 생각했었다. 그런데 코로나가 길어지다 보니 웬걸? 사회생활보다 혼자서 집안일로 바쁘다 보면 점점 몸뻬 바지같이 편한 복장으로 일하는지도 이해가 되기 시작했고, 마스크를 일 년 넘게 하고 다니다 보니 화장도 안 하고 안 하니까 편해서 좋고, 이제는 마스크 벗어도 된다 해도 마스크 하고 다니고 싶을 정도다. 하지만 '옷깃만 스쳐도 인연이다'라고 한다. 너무 장시간 은둔 생활하기보다는 밖으로 나가야 한다.

김정수, 박재린 선생님은 서울유니버셜오케스트라 악장, 부악장으로 앙상블도 함께 하면서 호흡을 맞출 수 있는 다재다능한 연주가들이다. 인성도 특별히 좋고, 작품을 만들어가는 과정 속의 예민함보다는 하모니를 찾아 섬세하게 맞추어 주는 달란트가 있는 예술가들과의 준비하는 과정은 항상 든든했다. 즐길 수 있는 최고의 멤버로서 좋은 인연이었다.

한국문화예술위원회 - 문화가 있는 날 '직장배달콘서트'

3초씩 자세히 보고, 자주 오래 볼 수 있는 사람, 사물, 책, 악기, 일, 공간, 마음상태를 점검해본다. 3초의 법칙을 일상에 적용해 본다. 하나 둘 셋! 기쁨!(스마일!) 마치 사랑에 빠진 것처럼 살아간다. 목표를 달성한 타임이 성공이라고 본다면 사랑이 끝나는 지점이라고 해야 할까? 그다음 스토리는 준비되어 있어야 행복할 수 있게 된다.

희망은 넘치는 삶의 에너지를 추구한다! 자세히 보고, 또 보고, 오래 볼 수 있는 내일의 스토리를 준비하는 오늘을 살아보자.

성남아트센터 행복나눔 자선음악회 지휘

원하는 삶을 살려면,
무엇이든 전부 시도하라

사랑
- 미국 컨벤션 연주

무엇을 사랑하느냐에 따라 우주의 모습이 만들어집니다.

—괴테—

내가 원하는 삶은 '건강한 사랑'을 충분히 주고받으며 사는 삶이다. 예전에는 원하는 삶이 무엇이냐고 물어보면, '성공자의 삶'이었다. 표현이 바뀌었다고 볼 수도 있고, 가치관의 변화가 있다고 할 수도 있다. 사랑이란 정의 내리기 너무 어렵다. 성공이란 어떤 종류의 보여지는 것일 수도 있다.

각자의 음악생활을 하다가 미국에 가기 전에 모여서 연주 연습도 하고 식사도 하고 연주 여행 준비를 하는 시간은 잊을 수 없는 추억이 되었다. '건강한 사랑' '영혼의 사랑' '정신적 사랑' '육체적 사랑' '사회적 사랑' '돈에 대한 사랑'이 모두 밸런스를 맞추고 건강하게 이루어지기를 바라며 살아간다. 오히려 일의 성과를 내는 것은 성공이든 실패이든 조금 단순하다. 사랑은 상호 보완적이라서 훨씬 어렵고 난해하다. 갈대와 같이 더 좌충우돌할 수도 있다. 그러나 이제는 어렵다고 멀리했던 그것에 도전하고 싶은 강한 열정이 생겼다.

미국 네슈빌과 샌디에고에서 전 세계 유명한 플루티스트들이 다 모이는 축제 같은 큰 플루트 컨벤션이 열렸다. 상상을 초월하게 넓은 호텔 안에는 작은 모형 배가 다니고 천정은 너무 높아 보이지 않을 정도인 그런 멋진 곳이었다. 여러 교수님들과 선 후배들과 함께 지내는 경험은 얼마나 즐거웠는지 모른다. 잘 몰랐던 선생님들과 친해질 수 있는 기회가 되기도 하였다.

출발 전 잊을 수 없는 에피소드가 있다.

비자를 받는 일부터 여행사에서 해 주는데 인원이 많고 여행 시즌이라서 안 나온다고 난리도 아니었다. 그냥 기다리는 수밖에 없었다. 그런데 한 선배 언니가 기다리다가 직접 받았다는 것이다.

"기다리지 말고 너도 한번 해봐.   컨벤션 센터 앞에서

그냥 하면 돼."라고 진짜 쉽게 말하기에 답답한 상황에서 나도 한 번 시도해 봐야지 하고 직접 해 보니, 할 말을 잃게 되었다. 수십 번이 아니라 매일 수백 번의 통화를 시도해도 연결이 안 되는 상황, 뭐라고 설명해야 할까? 그 선배 언니는 쉽게 말했지만, 정말 엄청난 의지가 아니면 불가능한 일이었다. 될 때까지 한다는 심플함, 가벼운 마음의 소유자는 어떤 캐릭터를 말하는지 알게 되었다.

그런 우여곡절을 거쳐 단체 연주여행을 위해 모두가 비자를 받고 설렘으로 도착했다. 컨벤션 내의 연주하는 곳은 상상했던 것보다 훨씬 더 크고 멋진 곳이었다. 역시 미국이야. 세계적인 대가들의 독주회, 전세계에서 모인 여러 단체들의 앙상블 연주, 세미나, 악기 전시, 먹거리 등등 어마어마한 기획이다.

천재 작곡가, 피아니스트, 플루티스트로 유명한 게리 쇼커와 함께

생활 환경이 많이 다르면 만나서 공통점이 없으니 대화가 어려울 수 있다. 그러나 관심사가 비슷하면 충분히 잘 통할 수 있다. 영재, 천재, 대가들의 음악회를 듣고, 그 안에서 나도 연주를 한 경험은 지금도 생생하다. 이때 한국에서는 거의 사용하는 사람이 없는 우드 플루트(나무로 된 플루트)와 골드키의 피콜로를 구입하였다. 이때 만났던 교수님, 선 후배들은 다녀와서 다양한 종류의 악기를 가지고 하게 된 나의 독주회에 많이 찾아와 주셨고 축하해 주셨다.

다양한 도구를 손에 넣고, 꿈을 펼쳐 보자.

약함
- 사명

"인간은 누구나 각자 독특한 사명을 지니고 태어났습니다.
그것을 자각하면 신은 그 사람의 뇌에 모르핀을 분비시켜
활력과 성실함으로 발전적 사고를 펼쳐나가게 합니다."
- 하루야마 시게오 -

나의 약함이 강함이 되는 순간, 나는 사명감을 가지고 나아가게 된다. 남보다 많이 힘들었고, 공부해야 했고, 헤맸고, 눈물 흘

270

데니스 브라아코프
마스터클래스
프랑스어 통역

렸고, 아파했고, 막막했고, 지쳤던 경험이 있기에 연구하고 돌파구를 찾아야 했던 시간들을 소중하게 여긴다.

감성 지수가 높고, 흔들림이 많았기에, 환경에 적응하는 것이 어렵기도 하지만 너무나도 쉬울 때도 많았다. 한국, 이탈리아, 프랑스, 스위스, 크로아티아에서 살면서 유난히 많이 겪고 지냈던 이유 때문인지 이해심이 남달라서인지 힐링 상담이 자연스럽게 이루어지곤 한다.

재능을 발휘해서 할 수 있는 모든 일이 사회에 의미 있는 활동이 될 수 있도록 시작해보자. 아주 가까운 생활권에서부터 영향을 주는 것을 해 보자. 밤거리에 두 사람씩 '안전'을 위해 지하철까지 동행해주시는 서비스도 있는 것처럼, 가족, 친지, 지인, 친구, 제자들과의 일상에서부터 실천을 해보자. 일상의 나의 말과 행동이 동행하는 삶에 얼마나 기여하는가? 세상을 위한 의미 있는 일을 하게 되면, 계산으로만으로 나오지 않는 특별한 삶의 질이 높아지는 것을 알게 된다. 봉사도 그렇지만 나의 직업에 임하는 태도가 천직이라고 생각하고 한다면? 설명하기 어려운 시너지 효과가 나온다.

거창하게 들릴지는 모르지만 인류에게 도움이 되는 사업이 뭐가 있을까? 작은 몸짓이 발전하여 태풍을 일으킬 수 있다는 나비 효과를 믿고, 나의 자리에서 소신껏 최선을 다하자.

엔조이
-즉흥 연주가

*"마음의 눈을 뜨고 길에서 만나는 모든 것들을 맛보세요.
당신의 행복을 성공으로 평가하지 말고 인생이라는
여행 전반을 즐기세요. 행복 그 자체가 길입니다."*
-웨인. W. 다이어-

음악의 장르 중에는 미리 어마어마한 설계도를 그리고 시작하는 클래식 음악, 그중에서도 교향곡이라는 것이 있다. 반면 재즈, 대중음악처럼 즉흥적인 요소, 애드립 등이 쉽게 가미될 수 있는 음악이 있다. 이렇게 같은 음악이라도 장르가 바뀌면 연주하는 사람의 성향도 그에 맞게 변화되어야 한다.

클래식을 계속하되, 시간이 갈수록 좀 편한 음악도 하면서 나눔을 갖고 싶다. 꼭 작곡을 배워야만 음악을 만들 수 있을까? 기존 악보의 틀에서 벗어나 나의 음악을 하고 싶다.

〈흐름과 멈춤, 그럼에도 불구하고〉(숙대 교수 홍수연 작곡) – 연주자들의 판타지를 적용한 연주
김성연, 이현경, 이래하, 정수안, 오병철

〈흐름과 멈춤, 그럼에도 불구하고〉 – 연주자들의 즉흥연주를 허용한 장면

〈흐름과 멈춤, 그럼에도 불구하고〉 - 홍수연 교수님과의 뜨거운 포옹

　선택해야 한다. 한정적이다. 연습하고 연주하기까지는 시간과 노력을 투자해야 한다. 그런 방식의 노력보다는 나의 영감을 따라서 심취해서 하는 '즉흥 연주가'가 되고 싶다. 작곡과 연주가 동시에 되는 그런 경지에 이르고 싶다. 이것은 나의 미션이다.

　현재의 감정을 순간순간 자유롭게 반영하는 그런 멋진 연주를 하고 싶다. 청중 앞에서 곧장 하는 것도 아닌데 글쓰기처럼 자유롭게 소리내기부터 시작해본다. 그 '꿈'을 가슴에 품고 당장 할 수 있는 아주 작은 '행동' 하나부터 해보자.

　꼭 기억하자. 전문가와 함께 있어야 한다. 자신감을 불어넣어 주고, 행동하게 자극을 주는 '프로'와 함께하면서 '프로'가 되는 꿈을 갖자. 즉흥 연주자들과의 만남이 시작될 것이다. 매일 아침 나와 글로 만나고 소리로 만난다.

원하는 삶을 살고 싶은가? 우선순위 제1은 무엇이든 '꿈'을 꾸는 일이다.
그리고 '프로' '제1인자' '나만의 장점 살리기'를 하면서 지금 당장 즐기면 된다.

Enjoy your life!

스위스 산악열차

결국 행복한 사람이 이긴다
(행복하면 여유가 생기니까)

덕분에
- 넘치는 욕구

잘 주기 위해 잘 받는 연습을 하자.

-하브 에커-

내가 혼자 노력해서 행복할 수 있는 일들이 얼마나 있을까?

'받는 것도 능력이다' '행운도 실력이다' 등의 내용을 접하면서 변화가 일어나기 시작했다. '주기 위해 많이 받아본 경험이 필요하다'라는 것이다.

어려서는 부모님의 준비해 주시는 식사 외에도 작은 간식들을 주시는 분들이 많다. 친구도 많다. 성인이 되어서는 이런 관심, 일, 건강, 행복, 기회 등 많은 것들을 보지 못하고 바쁘게만 살아가는 것 같다. 하지만 간접적으로 책이나 영상을 통해서라도 주는 사람, 떳떳하고 보람되고 행복한 사람이 되고 싶으면 사람에게서 받는 것을 적극적으로 활용해야 한다.

잘 받는 능력이 생기면 인생이 고구마처럼 퍽퍽하지 않고 재미있고 여유가 생긴다. 술술 소화 잘되는 모양새로 나에게 행운이 들어온다. 잘 받아먹으면 된다. 점점 단단한 음식을 잘 소화해 낼 수 있는 능력을 키운다. 받고 싶으면 나를 가꾸고 사랑받을 행동을 하면 된다. 도와주고 싶고 함께하고 싶은 사람이 되도록 노력해보자.

성장기의 아이들의 '식욕'을 보면, 마치 철도 녹여 버릴 것만 같아 보인다. 많이 받고 흡수해서 '뽀빠이'처럼 튼튼해지는 하루하루의 일상은 행복 그 자체가 된다. 그래야 나도 행복하고 보는 사람도 모두가 행복하다. 받은 축복보다 베풀면서 행복한 미소를 지어보는 축복의 날이 곧 다가오고 있다. 여유 있게 살자! 바로 '행복감'을 체험해보자. '행복'하면 '더 큰 행복'을 끌어당긴다.

내가 나 스스로에게 주고, 부담 없이 쉽게 받는 연습을 하자. 나에게 주는 사람이 당장 없어도, 내가 받고 싶은 축복의 리스트 목록을 작성하고 실천해보자. 받는 것도 능력이다. 요구해야 받을 수 있다. 축구 경기에서 골키퍼가 공을 받는 연습을 많이 하는 것처럼, 따로 연습이 필요하다. 그릇이 작으면 많이 줘도 못 받아낼 수 있다.

상상하고 미리 준비한다. 축복을 받을 준비.

생각만 해도 신이 난다.

많이 받을수록 부자가 된다. 부자의 여유를 누려보자.

경쟁자
- 장점 살리기

세계 최고를 향해

-사이토 히토리-

"중화 요리점은 반드시 이웃을 만들어 서로 도와가며 경쟁을 한다네."

"큰 요리점이 많이 있지 않은가?"

"그러나 작은 요리점도 큰 요리점에 지지 않고 맛이라면 우리 집이 최고라며 열심히 일한다네."

쉽게 말해 블루오션을 찾으려 하고 '독점'을 하여 큰 이익을 보려고 노력하는 것보다는 함께 경쟁하며 성장하고 이익을 보는 것을 즐겨야 한다.

'경쟁'이라는 구도는 어렸을 때부터 익숙했지만, 거기서 탈피하면 '행복'할 수 있을 거라는 막연한 '기대'와 '소망'을 지니고 살았었다. 그래서 홀로 있는 시간을 더 잘 보내왔던 것 같다. '나와의 싸움'이라는 명목하에 장인 정신을 발휘하며 뜨겁게 살아왔다. 결국, 돌아보면 도토리 키 재기식 스트레스성 경쟁보다는 숭고하고 절대적인 기준을 통한 나 스스로와의 경쟁을 선호하고 살았던 것이다.

플루트 솔리스트로서
협연 무대를 오르다

이런 기준으로 사는 것도 장기적으로 꾸준히 일관성 있게 흔들림 없이 사는 데는 좋았다. 하지만 '데드라인'이라는 관점에서 보면 '이웃과의 경쟁' 또한 마냥 피하고 있으면 안 되는 것이었다. '적극성' '긍정 파워'를 통해 '당당함'으로 나아가게 해 주는 '경쟁을 두려워하지 않는 마음'이 필수적이다.

"서로 경쟁하면서 힘을 갈고 닦아, 세계에서도 통하는 힘을 키워야 한다."라는 사실을 알고는 경쟁구도를 스트레스로 받아들였던 나의 '관점'만 바꾸면 된다는 것을 알았다. 경쟁하다 힘들 때는 다음과 같이 해 보자. '나만의 장점' '최고'라고 자부할 수 있는 것을 모조리 다 적어보는 것이다.

"나는 나이가 들어가고 있지만, 현명해."
"나는 결정을 하기까지 시간이 많이 걸리지만 그 후에는 추진력이 남달라."

"플루트, 오카리나, 피페, 틴휘슬, 바이올린, 첼로, 클라리넷, 지휘, 건강상식, 메이크업, 스타일 만들기, 공감 능력, 선함, 상담, 열정을 힐링 라이프 코드로 전환시키는 최고의 능력을 가지고 있어. 나는 세상적으로 민첩함은 덜하지만, 순수하고 맑은 영혼을 가지고 있어."

거대한 기류를 타고 나의 몸을 실어 가볍게 물에 뜨는 작용처럼 새로운 흐름을 타기 시작한다.

"그동안 남에게 맞추어 주느라 자주 흔들렸었지만,
이제는 '나'를 더 돌보고 '더 베풀 수 있는 사람'이 되기로
결심하고 '빠른 속도로 성장'하고 있어."
"'나'를 사랑하는 '최고의 든든한 후원자'가 될 거야."

이렇게 100번 100일 동안 적어본다.

나의 정체성을 살리면서 큰 흐름을 탈 수 있다면 새로운 차원의 인생이 열릴 것이다. '경쟁'을 회피하지 않고, 두려워하지 않고, 불안해하지 않고 매일 반갑다고 '악수'하면서 '행복한 여유'를 즐겨보자.

상황에 반응하며 행복할 수 있는 일들은 세상에 너무나도 많다. '나의 일용할 양식'이 이렇게 많다는 사실을 아는 순간, 깜짝 놀라 눈을 뜨고 일어나게 된다. 행복과 감격이 몰려든다.

"문제에 마주 서자."

"문제가 장애물이 아니라, 최고가 될 수 있는 선물일 수도 있다."

거울 앞에 서서 나의 문제점을 찾아서 보완하려고 하며 점점 더 잘 보이는 거울을 찾듯이, 문제를 숨기려고 하지 말고, 확대해서 잘 관찰하고 해결점을 찾는 '마술사'가 되어보자.

여유
- 보살핌을 받은 모습

손님보다 부유하게 보여라.

-사이토 히토리-

가난하고 궁핍한 것을 좋아하는 사람은 없다.

내가 되고 싶은 모습으로 살아간다. 처음엔 노력하다가 '가식'이라고 느끼면서 '내 처지'를 생각해야지라는 회의적인 생각이 스쳐 지나갈 때도 있다.

입장 바꿔 생각해 보면 금방 알게 된다. 좋아하는 사람이 되어야 더 알아가고 친해지고 싶어진다. 계속 좋은 모습을 보이기 위해 노력하고 단점을 보완하고 장점을 찾고, 발전 가능성을 보여주기 위해 노력해본다. 신기하게도 진짜 그 모습을 갖추게 되는 고속 열차 레일을 타게 된다. 내적 친근감, 화학적 반응이 일어나기 시작한다.

어려웠던 시기를 함께 고민해주고 관심 가져줄 수 있는 사람들과의 관계는 지속력이 있고 동반자처럼 큰 힘이 된다. 좋은 정보나 삶의 경험을 나누면서 도움을 주는 기쁨은 그것을 줄 수 있는 사람들에게도 인생의 활력이 되고 '내가 필요한 사람이구나' '의미 있고 가치 있는 일을 했구나' 하면서 뿌듯해하고 오히려 좋아한다. '마음 부자'가 먼저 되면 부유하게 보이는 데에 '힘'이 실린다.

사람은 사람을 통해 상처를 받기도 하지만, 다시 좋은 사람을 통해 일어설 수 있게 된다.

서울예고 동창 친구들과 함께

세상에는 나의 상처와 부끄러운 점까지도 감싸주고 용기 주고자 하는 오래된 숨어있는 친구, 지인, 전문 코치가 있다. 내가 동굴 속에서 혼자 애쓰고 세월을 보내는 시간이 꽤 길었다는 것을 알아차려야 한다. 많은 사람들이 나의 적이 아니고, 나의 '수호천사'처럼 곁에 있다는 사실을 알기 시작하는 순간, 자신감과 풍요를 체험하면서 더 큰 풍요를 향해서 업그레이드 인생을 살게 된다. 외롭고 부족하다고 느낄 때 더 잘 찾아질 수 있다. 사기를 당하지 않게만 조심한다면!

셀프 이스팀Self Esteem, 자존감, 자부심으로 행복한 사람은 꿀 같은 윤기가 흐른다. 안에서부터 나오는 행복, 부자의 여유와 활기를 보여주자. 생각 속에서 긍정에 긍정을 더하면 여유가 된다 (긍정 + 긍정 = 여유) 여유를 자랑하고 드러내보자. 아주 작은 여유라도 기록하고 매일 조금씩 증폭시켜보자. '여유'는 자산이다. 원금 손실이 되지 않도록 각별히 신경 쓰고 '여유'를 인지하고 드러내고 유지하는 모습으로 '풍요의 아우라'를 만들어 가자.

기다리지
말고
너도
한번 해봐
그냥
하면 돼.

'나'를
사랑하는
'최고의
든든한
후원자'가
될 거야.

5점짜리 인생을
선택하지 마라

집착 탈출
– 영화 같은 삶

사랑하는 사람과 사는 데는 하나의 비결이 있다.

상대를 달라지게 하려고 해서는 안 된다는 것이다.

–샬돈느–

사랑이 과해서 잊지 못하는 것도 미움이 과해서 잊지 못하는 것도 둘 다 집착이다. 어려운 사랑을 하려고 하지 말자. 미움이 쉽게 풀리지 않는 관계를 유지하지 말자. 나를 충분히 사랑해 줄 사람은 있다. 자리를 비워두자. 사랑을 열심히 하려고 하다 보면, 상대를 바꾸려고 하게 된다. 그대로 두자. 내가 백만 배 더 멋진 사람이 되어 어울리는 사람이 나를 찾도록 방법을 바꾸자.

학창 시절 오디션에 뽑힐 수 있게 공부하고 연구하고 노력하듯이, 직장의 면접에서 좋은 모습을 보여주기 위해 노하우를 찾아

선배들에게 조언을 얻으려고 가슴 졸이고 최선을 다했을 것이다. 가는 곳마다 사랑을 듬뿍 받을 수 있는 방법을 찾는 데 얼마나 시간 투자하고 노력했는가? 하며 돌아보는 시간을 갖는다.

사랑을 받은 기억이 있는가? 처음에는 사랑보다는 상처가 더 빨리 떠오를 수 있다. 칭찬일기, 감사일기, 사랑일기, 상처일기, 분노일기, 용서일기를 매일 1줄씩 적어본다. 시간이 흐르면서 알게 된다. 무의식에 있던 상처, 분노들이 감사와 사랑으로 씻겨 내려가야 얼굴이 환해지기 시작한다. 역전되는 임계점에 도달할 때까지 인내하고 객관적으로 관찰하자.

오른쪽 발가락 골절로 깁스를 하고 클래식 페스티벌 연주 참여

가만히 있는데 운이 좋아 보이는 사람, 특별히 한 게 없는 것 같은데 사랑을 듬뿍 받는 사람들의 특징, 노하우를 알아가 보기 시작했다. 일 자체보다는 '나는 어느 감정선을 타고 가고 있는가?'라는 질문을 한다. 기분 전환의 목적지까지 고속 열차를 탈지? 완행 열차를 탈지? 동네 구석구석 다 서는 마을버스를 탈지? 걸어서 갈지? 아예 누워있을지?

여러 분야의 부자들을 따라서 살아보자. 연결되어 있어야 작은 가지까지 영양분이 가듯이 지속적인 만남을 가지면서 보고 배운 대로 행동해보자. 주변에 나의 마음과는 다른 사람들은 잊어버려야 한다. 너무 불편하면 확실한 거리두기를 시도하고 나의 발전에 집중해서 살아보자.

나만의 재능, 나만의 능력, 나만의 재산, 나만의 인간관계로만 살지 말자.

기도
-서울예고 친구들

눈앞의 실패에 좌절하지 않을 수 있는
장기 목표를 반드시 가지고 있어야 한다.
-찰스. C. 노블-

'실패'라는 정의를 내리기는 어렵다. 좀 더 기다리면 그 실패를 계기로 놀랄 만한 '성공'이 오기도 한다. 시험 전에 문제집을 풀어 보면 공부를 많이 해서 잘 이해하고 아는 것이 많다고 생각했던 것을 후회하고 깜짝 놀라서 바짝 긴장하고 문제집을 쌓아놓고 풀었던 기억이 난다.

예측하지 못하는 실패는 그런 유형이 아닐까? 실전 시험에서 실패를 하기 전에 미리 실패를 경험하면서 실망하고 좌절하기 쉽다. 좀 더 좋은 선택지를 찾아가는 과정이라고 생각하는 것이 좋다. 단지 종이 위의 실패와 삶에 있어서 실패는 그 후폭풍의 차이가 크다.

그렇기에 '기도'하게 된다. 기도하는 법을 배우지 못했어도 '자주' 상기시키고 '짧게' 믿음을 선포하는 기도를 하는 것이 좋다. '어떻게' 이루어질지는 떠오르지 않아도 된다. '극단적 상황'일수록 '벼랑 끝의 기도' '행동'을 본능적으로 하게 된다. 무섭고 두렵고 답이 없을 때 '살려주세요!' 하고 외칠 수 있다면, '비전, 꿈, 용기'의 깃발을 흔들며 다가오는 사람을 만나게 된다.

서울예고 시절 극심한 스트레스로 힘들었을 때, 두 명의 친구가 상담을 해 주고 상상을 초월할 정도의 장시간 기도로 응원해 주고 용기를 주었다. '기도의 힘'을 체험한 첫 번째 간증이라고 할까? 처음으로 '방언 기도'를 하게 되었다.

멀리 보지 못하면 구체적인 바람도 힘을 잃게 되고 작은 실패

서울예술고등학교 정우현 교장 선생님과 친구들

에도 무너지게 된다. 당장 오늘 해결해야 하는 일에만 집중한다면 5점짜리 인생이 된다. 5년 10년 30년을 내다보고 매일 상상하고, 노력하는 것이 있는가 체크해 보자.

인내
- 맛깔나는 액션

무지개를 보려면 비를 참고 견뎌야 한다.

-돌리 파튼-

'참는다'라는 것을 나의 감정은 배려하지 않는 '누른다'의 상태로 이해하고 살아가는 사람들이 많은 것 같다.

한국의 전통 한복 치마는 허리가 아닌 가슴에서부터 조이고 동여매는 모양새를 갖춘다. 아름다운 라인을 만들어 주기도 하지만, 깊은 뜻이 있다고 한다. 가슴에서 올라오는 '화'가 머리 위로 올라가지 못하도록 쓸어내리라는 의미로 분리시켜 주는 의도가 숨겨져 있다는 이야기를 들은 적이 있다.

막연히 잘하고 있다고 생각하고 있던 인내가 감옥 같은 부정적인 인내가 되어 나를 아프게 하지 않기를 바란다. 습관적으로 말을 잘 안 하고 표현을 잘 안 하고 살다 보니, 무조건 속병 나도록 참고 살았던 시간이 많았다. '음악'을 전공하면서 '호흡'하고 '선율' 따라 간접적으로 억눌린 감성을 아름다움으로 미화해서 내뿜을 수 있었고, 보완하며 지낼 수 있었던 것 같다.

심심하고 의욕이 없어지고 '막연히 멍 때리는 시간'이 길어지기 시작하면 의욕을 올리고 움직여야 산다. '근력' '힘'은 걷고 움직일 때 생긴다. 참고 견디는 시간이 꼼짝달싹 안 하고 가만히 버티는 것은 아니다. 효율적인 휴식도 액션이다. 과정을 촘촘히 만들어 가는 것이 바로 결실을 맺을 수 있는 행복한 인내가 된다.

'네 시작은 미약하였으나 네 나중은 심히 창대하리라'

(욥기 8장 7절)

가장 중요한 것은 나 자신이다. 지치지 않고 견뎌내며 흔들림 없이 일관성 있게 나아가기 위해서는 시간이 필요하다. 인내의 시간, 도움의 손길, 행운도 함께 와 줘야 한다. '돌고래 쇼'나 '서커스단의 사자나 호랑이'를 훈련시키면서 '먹잇감' '보상'을 규칙적으로 해주고 '사랑'을 표현해 주듯이 나 스스로에게 '기뻐할 만한 일'과 '보상'을 약속하고 일을 시작해 본다.

'무지개'를 보기 전까지 '인내'의 시간은 나의 황금시간이다. 생존을 위해 처음에는 기계적으로라도 실천한다. 힘들고 지치고 남몰래 흐르는 눈물로 뒤범벅되어 움직이기 힘들 때 '유혹하자' 무지갯빛 인생을 걸으러 나가자고! '게으름'의 반대로 노력해본다.

자동차에 깔린 아들을 살리기 위해 자동차를 들어버린 '엄마의 위대한 정신력에서 나오는 힘!' 이 영상을 보고 나서 느낀 점!

'초월하는 힘!'을 꺼내 쓰지 않으면, 현실이 너무 커 보인다. 물리적인 힘만으로는 불가능만 보이고 주저앉아 버릴 수도 있다.

쉼표는 작품이 끝난 후 집에서 푹 쉬는 것과는 다르다. 정체감에 사로잡힐때, 2천 년 전 로마 황제 아우구스투스의 좌우명처럼 'Festina Lente!' '천천히 서둘러라'를 묵상하고 실천해보자.

방향이 같은
사람과 함께하라

메신저와 지휘
— 진로를 정하는 과정

사랑은 모든 것을 극복한다.

— 힐티 —

성공한 사람들의 인터뷰를 매일 하나씩 들어본다. 배울 점과 그분들의 공통점을 찾아본다. 한결같이 바닥을 치며 절실함을 느끼는 순간, 멘토를 찾았다. 성장하면서 가치관이 같은 가족 같은 사람들을 만나서 무리를 지어 움직인다는 것을 보았다. 생각이 같은 사람들이 모여서 구름떼처럼 함께 움직이면서 힘을 발휘한다. 서로 보호해주고 보호받고 대단한 네트워크를 형성한다.

플루트 전공을 하기 위해 찾아오는 학생들은 우선 예원 예고를 입학하고 음대를 가고자 한다. 시험이라는 것을 치르게 되고 경쟁에서 이겨야 하는 담력도 있어야 한다. 지휘 전공을 하기 위해서는 기본적으로 악기 전공을 하고 지휘를 하게 된다. 작은 규모의 앙상블부터 실전에서 해 보면서 전공을 이수하고 활동을 하는 것이 좋다.

한 가지 아이러니한 사실은 학생의 실력도 중요하지만 분위기가 굉장히 중요하다는 사실이다. 가족 중에 음악을 한 사람이 있는 경우 두 가지로 나뉘게 된다. 유리한 쪽은 어떻게든 명문대를 가게 된다. 그 길을 알기에 당장 눈앞에 펼쳐지는 상황에 크게 요동하지 않고 나아가는 힘이 있고 믿고 지지해주기 때문이다. 불리한 쪽은 우선 경제적인 이유로 스스로 한계를 짓고 시작을 한다.

본인의 환경보다는 큰 뜻을 품은 제자가 있었다. 고등학생이 되어 뒤늦게 시작했을 뿐만 아니라 악기도 조부모님이 사주시고 집에서도 연습할 수가 없어서 힘들어했던 학생이 실기로는 최고로 인정해 주는 서울대와 한국예술종합학교에 진학을 하는 등 기적 같은 일이 일어나기도 한다. 결국 누가 그 경쟁 속에서 한계를 뛰어넘고자 하는 '의지'가 강한가에 달려있다.

전공을 하거나 나의 소망을 이루기 위해서 가장 중요한 것은 멘탈이다. 현실적으로 눈에 보이는 한계보다 나의 내면의 힘이 더 세면 예외적이고 기적적인 결과가 나오게 되어있다. 내가 되고 싶은 미래의 나에 대한 상이 명확한가? 영화배우 마릴린 먼로도 자신의 모습은 다 만들어진 것이라고 이야기한다. 머리 색도

염색한 것이고 얼굴에 점도 찍은 것이고 표정도 연습해서 만들 것이라고 한다.

현재 나에게 가장 부족하다고 느끼고 가장 먼저 해결이 되어야 하는 것에 대해 이야기하고 성장시킬 수 있는 멘토가 힘있게 끌어주어야 한다. 전공 진로 설정은 멀리 보고 하는 일이다. 꿈과 현실 사이 꼭 하고 싶고 해야 하는 확신과 방법을 찾게 도와줄 코치가 될 선생님을 만나는 것이 중요하다.

행동하는 꾸준함이 모였을 때 언제부터인지 모르게 미스테리하게 현실로 나타난다.

다가가는 행복
- 만남

행복은 입맞춤과 같다.
행복을 얻기 위해서는 누군가에게 행복을 주어야 한다.
-디어도어 루빈-

가난한 자의 마인드는 "나는 없어요. 나는 도와줄 사람이 없어요. 시간도 나눌 여유가 없어요." 왠지 바쁘다. 지루해서 어쩔 줄 모르고 몸살을 앓고 있으면서도 밖으로 관심을 돌릴 생각은 잘 못 한다.

커다란 빼빼로를 양쪽에서 물고 차츰 가까이 다가가는 게임을 TV에서 본 적이 있다. 행복한 입맞춤을 상상하면 극복해 낼 수 있다. 1mm만이라도 가까이 가보자. 게을러지려고 할 때마다, 마음이 무거울 때마다, 두려움이 한가득하고, 불안감이 밀려올 때마다, 망설임으로 시간이 마구 흘러갈 때마다, 빼빼로 게임을 상상한다.

우리는 동기부여 되어 행동하는 존재가 아니다. 행동하므로 동기부여 되는 존재라고 한다. 한 눈금씩 영차영차! 개미 군단처럼! 가자 가자!

피아노에서 바로 옆 건반을 누르면 완전히 다른 음이 나온다. 그렇게 바로 옆에 가면 되는 것이다. 이렇게 아주 작은 차이를 주

중국 사천음악대학 학생들 마스터클래스 진행 후

는 행동으로 창조해 나가는 것이다. 작은 행복도 실천해봐야 더 큰 실천을 할 수 있게 된다. 지금이 최고의 기회이다.

시작하고 아직 진행 중인 일들, 섬세한 진행 아이디어는 좋은 사람들과 연락하고 대화하면서 디테일한 부분이 살아난다. 행복을 위해 마음에 걸리는 것이 있는가? 행복을 위해 갖추어야 하는 조건은 한 가지가 아님을 꼭 기억하자. 멘토를 만나 멋진 삶을 개척해보자.

삶에 생기를 불어넣어 주는 것은 계획이 아니라
만남과 실천에서 나오기 시작한다.
브레인 스토밍에 활력을 불어넣어 주자. 행복은 따라온다.
만나면서 살자.

큰 행복
- 달라진 현재

한 해의 가장 큰 행복은 한 해의 마지막에서
그해의 처음보다 훨씬 나아진 자신을 느낄 때 온다.
—톨스토이—

연말이 다가오면, 누구나 '벌써 올 한 해가 다 가는구나' 하고 바쁘다는 와중에도 돌아보는 시간을 갖게 된다. 카운트다운! '제야의 종소리'를 들으면 심장이 쿵쿵 뛴다. 전 지구가 들썩인다. 외국 친구들도 신나게 연락이 오고 가슴 벅찬 순간이다.

이 시간에 자는 사람보다 깨어있는 사람들이 많을 것이다. 유럽과 중국에서는 불꽃놀이로 사람들은 다 창문을 열고 구경하고 지난날을 회상하고 소원을 빌고 밖에 나와서 폭죽을 터트리면서 새해맞이를 떠들썩하게 한다. 영화 필름을 빠른 속도로 돌려보듯 떠오르는 지난날들에 비해 현재의 상황이 좋아졌다면, 그보다 더 좋은 것이 있을까?

여러분은 거울을 자주 보는가? 때론 거울 볼 시간도 없이 바쁘게 살아가기도 한다. '변화의 물결' 속에서 차츰 적응하고 있다. '표현하며 살고 나의 진솔한 목소리를 내기'로 했다. '감정 소모'를 줄여가며 '평화'를 찾아보자. '소중한 친구들과의 관계'를 살려가자.

'부자의 공부'를 시작했다. 예전의 마인드로는 절대 아무에게도 말 못 하고, 혼자 해결하려고 안간힘을 쓰면서 속병이 들어 엄청난 생각 속에 시달리고 지냈을 것이다. 갑자기 나의 오래된 습관을 바꾸는 일은 쉬운 일이 아니지만 달라지고 있고 성장하고 있다.

"에베레스트 정상에 오르는 방법이 있는 것처럼 고소득, 신속한 경제적 자유, 부자가 되는 길에도 이미 입증된 루트와 전략이 있다. 그 전략을 배워서 사용하는 것이 당신의 몫이다."

지속적으로 배워야 한다. 행복부자, 마음부자, 경제부자, 건강부자, 관계부자, 질서부자, 청결부자, 미모부자, 정리부자 모두 그러하다. 항상 열심히 일하고 모으고 절약만 하다 보면, 열심히는 살았는데 '잘 살았는가?'에 대답하기가 쑥스러워지기도 한다.

몸은 전차처럼 열심히 최고의 속력으로 달리는데, 내 안의 걱정과 불안은 지진이 나는 땅과 같이 흔들리고 있지는 않은가? 점검해 보자! 지나고 생각해 보면 하다가 중지된 일들이 너무 많았다. 확신을 가지고 꾸준히 기쁨과 충만함으로 임해보자. 수출하는 물건처럼 완제품이 되어 바다 건너 타 지역에 도착할 때까지 확인해야 한 가지 일을 했다고 할 수 있다. 끝마무리까지 온 마음과 정성을 다하자.

무역을 하듯이 기쁨과 확신을 수출하고,
그것의 대가로 부를 누리자.

스위스
프랑스 에비앙을 바라보며
로잔국립음대가 있는 도시, 로잔

과감하게, 우아하게, 세련되게
거부하는 법을 배워라

거부하는 배려
- 선생님의 예의

맞지 않는 사람을 다른 곳으로 보내는 것은 배려다.

이것을 알고 나면 분명히 쓸 만한 사람이 온다.

－사이코 히토리－

사람과의 관계를 정리하거나 거리를 두는 것은 어렵다는 잘못된 고정관념이 깊이 자리 잡힌 채로 불편한 진실 속에 스스로를 가두고 사는 사람들이 많다. 살아가는 과정이 너무 매너리즘에 빠져있으면 곤란하다는 것이다. 다른 능력은 뛰어나고 분위기도 긍정적으로 만들어주고 기여도도 높은 꼭 필요한 사람인데 시간 개념이 없으면 어찌해야 할까? 함께하는 시간에 다른 일에 관심이 쏠려있다면 어떻게 해야 할까?

수업 시간에 문자 카톡을 수시로 보는 사람들은 정말 할 말이 없다. 더 얼굴이 뜨거워지는 사건이 있었다. 좀 개인적이고 심각한 내용의 카톡을 공적인 장소에서 하고 있다면 자신을 돌아볼 필요가 있다. 가르치는 선생님도 제자도 모두 조심해야 할 일이다.

이스라엘의 교육 중 성인이 되는 성인식에서는 가족, 친지들이 모여 성경(토라), 시계, 상당한 금액의 축의금을 준다고 한다. 부모님에게서 독립을 하고 하나님과의 관계에서 설 수 있는 시작을 알리는 때에 시계는 무슨 의미일까? 시간의 중요성, 다른 사람과의 약속 등 많은 좋은 의미를 내포하고 있다.

시간을 두고 보았을 때 '나는 그 자리에 어울리는 사람인가' 알아보기 바란다. 서로 말하기 어렵다고 해서 너무나 긴 시간을 인내하고 보고만 있는 것은 좋지가 않다. 그런 타이밍이 오면 마음은 '과감하게' 행동은 '우아하게' 말은 '세련되게' 거부할 수 있어야 한다. 입안을 상쾌하게 하는 디저트처럼 세련되게 하는 것이 안 통하는 경우는 부드러운 언어로 우아하게 행동하고 거절한다. 우아하게 하는 것이 안 통하는 사람은 기회를 주다가 결국은 과감하게 해야 한다.

초등교육부터 대학과정, 평생교육, CEO과정까지 지도하는 선생님들의 예의와 태도는 사회적으로 큰 발전을 이루어가는 데 큰 도움이 된다. 좋은 차를 바꾸기 전에 내가 달리는 인생 도로의 상황부터 점검하면서 살아야 한다. 마음은 도로 상황과도 같다.

세련된 표현으로 소통하는 문화를 만들어 가자.

실패를 성공으로 바꾸는 방법
- 심플함

쉽고 간단할수록 수입은 10배 늘어난다.
- 사이코 히토리 -

적게 일하고 많이 벌려면? 쓸데없는 일을 줄이면 된다.

내가 하고 있는 쓸데없는 일을 쭉 나열해본다. 반대로 행동할 수 있는 해결책도 나열해본다. 궁극적인 목표라고는 하지만 우선 순위의 1순위가 아닌 것을 하면서 데드라인 없이 많은 시간을 보내는 일! 운동, 명상으로 시간을 분리하기. 명상이란 나를 돌아보는 시간!(마음 인테리어 공간 활용도 높이기 위한 벽, 칸막이 소품) 종종 내 시간의 10분의 1을 비워두지 않고 계획으로 꽉 채워서 바쁘게 사는 일, 쓸데없는 입씨름으로 가치 없는 대화로 시간을 보내는 일 대신 꼭 필요한 일을 한다!

너무 잘 보이고 싶어서 시작도 못 하고 준비만 하는 정체된 일 – 완성을 생각하지 말고 한 가지 일만 우선 시도한다. 망설이다가 시간 흘려보내는 일에는 알람을 설정한다. 한번 몰입하면 시

막상스 라리유 -
전, 스위스 제네바 국립음대 교수
라디오 인터뷰

라디오 인터뷰를 마치고
(프랑스어 통역)

간 가는 줄 모르고 하는 일은 영감이 떠올라서 그런 거라면 그대로 진행하고 아니면 브레이크 타임을 허락한다.

이렇게 쉽고 간단하게 일상 생활 패턴부터 정리한다. 장기적인 목표로 크고 중요한 일일수록 이행해야 할 과제를 쭉 나열한다. 방해되거나 서투른 나의 행동들을 나열하고 그에 반대되는 필요한 행동들을 나열한다.

행복의 70%는 과학이다. 원인과 결과가 있다. 나의 하루 중에 쓸데없는 시간, 나의 인생을 어렵게 만드는 관계부터 정리하자.

미련 버리기
- 뜻이 통하는 삶

돈에 미련을 갖지 마라.
나간 돈이 내 것이 맞다면 언젠가는 돌아온다.
-지중해 부자-

'돈' '시간' '사람' '건강' '생각' '말' '행동' 거의 모든 일어날 수 있는 일에 대한 '아쉬움' '미련' 은 항상 나의 뒤를 따라온다. 간혹 이 정도면 되겠지 했다가 '착각'이고 '방심'이었다는 것을 알게 되는 순간이 있다. 이때 경종이 울려 퍼진다.

예측하지 못한 결과가 나왔을 때, 민첩한 행동을 하기보다 미련을 갖게 된다. '미련'을 가슴에 오래 품고 있으면 '독'을 품고 있는 것과 같다. 그때그때 풀어주는 것이 얼마나 중요한지 모른다. '암 환자'가 이미 '독'이 있는데 영양을 주면 줄수록 '암 덩어리' '독'이 그 영양분을 더 많이 가져가서 점점 더 빨리 크게 되고 결국 나를 공격하는 세포로 발전하여 '생명의 위협'까지 주게 된다는 것은 널리 알려진 사실이다.

"서울 안양 천안 서울 이태리 로마 피렌체 밀라노 스위스 로잔 제네바 프랑스 빠리 크로아티아 로브란 다시 서울!"

304

여행지가 아니라 어린 시절부터 내가 거주했던 곳들이다. 유치원 전에는 이사, 이동하고 삶의 터전이 바뀌었을 때 적응이 어려웠던 것 같지만, 20대에는 어디 가서든 잘 살 것 같은 생각이 들었다. 나이가 들면서는 안주하고 싶은 생각이 커지기도 한다.

이렇게 다니면서 쓴 지출된 돈들의 쓰임새를 살펴보았다. 가치 있게 사용했을 때도 있고 아쉽게 실수로 낭비했을 때도 있다. 지나고 보니 만나는 사람들과의 인연처럼 돈과의 관계를 보니 '손해 본 일' '기회 놓쳤다고 생각되는 일' '몇 년이 지나도 의견 일치가 안 되는 일'들을 대하는 태도에 따라 그것들이 인생의 '독'이 되어 나의 생명을 송두리째 앗아갈 수 있는 '무서운 존재'라는 것을 알았다. 나의 고정관념에 개선점이 필요한 것이다. 가지고 있는 것에 미소를 보내주자.

차이콥스키 부속음악원 – 이노 미르코비치 아카데미 제자들과 페스티벌 연주

열심히 살아가는 과정에도 내 몸무게의 10배 더 무거운 돌을 등에 지고 산꼭대기 '꿈의 성'을 향해 올라가는 '노예'와 같은 괴로운 지옥 같은 감정 상태가 만들어질 수 있다는 것을 알았다. 반대로 현재 임하는 순간 즐거운 기분으로 해야 '천국 같은 기쁨'의 결과를 가져다 줄 수 있다는 것도 알게 되었다. 열심히! 보다 즐겁게! 돈을 다루며 살아갈 수 있어야겠다. 영혼의 큰 울림에 공명하고 진동하며 노력만으로는 달라지지 않았던 인생 1막과는 다른 간막극을 지나 웅장하게 울려 퍼질 인생 2막. 3막이 기다리고 있다.

온갖 형태의 '미련'은 나의 시야를 가리게 되고, '시각 장애인' 같은 사람으로 살게 한다. 이제 자유로운 공간 속에서 너그러운 태도로 돈을 대하면서 꿈을 펼쳐보기 바란다.

스위스 고요한 호수

소중한 것은
가까운 곳에 있다

가치를 알아보는 사람
- 은인

나는 충분히 받을 만큼 가치 있는 사람이다.

-하브 에커-

언제든지 연락하고 오라고 하는 가족이 있어 행복하다. 명절 때나 특별한 이유가 있어야 만나는 분들이 아니라 '래하'가 온다면 '웰컴'이라고 따뜻하게 받아주시는 친척 어르신들, 지인, 스승, 학부모, 선 후배, 후원 단체, 기도 모임… 나의 미래 가치에 투자하신 분들의 한결같은 서포트로 지금의 내가 있다.

충분히 받을 만한 가치가 있는 사람으로 인정받고 살았다는 것에 대한 감사는 시간이 흐를수록 깊은 감동으로 나를 울린다. 희망과 빛을 볼 수 있게 하는 사람들은 아주 가까운 곳에 있다.

힘들 때 내 얘기를 들어줄 수 있는 친구가 있는가? 크로아티아에서 가르치던 제자들은 가족과 같이 거의 합숙에 가까운 생활을 하며 지냈다. 이때 강도 높은 스케줄을 소화해내며 뿌듯한 성취감으로 가득 차 있었다.

아직 결과가 없다면 '타이밍'이 올 때까지 더 성장하고 있으면, 더 큰 성과가 있을 것이다. 가수 '싸이'는 군대를 2번이나 갔다 왔다. 시간을 아끼고 현명하게 쓴다고 하던 일이 오히려 시간을 더 쓰게 한 적 경험이 있는가? 너무 아끼고 빠듯하게 살게 되면, 시간도 돈도 더 잃게 되는 것 같다.

만약, 세계 무대가 싸이를 기다리고 있을 때 군 복무를 제대로 안 했다는 빌미가 잡혀서 발목 잡히는 일이 일어났다면 어땠을까? 가수로서 꿈이 많은데 군대 생활하는 기간이 길어졌을 때는 누구보다도 난감하고 힘든 시기가 아니었을까? 생각한다.

지나고 보면 질서있게 모든 일을 대비해서 일어난 것 같은 해피엔딩의 영화의 한 장면과도 같다.

더 가치 있고 인기 있는 사람이 되기 위해 노력하자. 나아가 행복하게 무언가 줄 수 있는 사람이 되자.

소중한 사람들을 서로 챙기면서 함께 성장하는 데 최선을 다하자.

차이콥스키 부속음악원 제자들 성장을 기뻐하며

차이콥스키 부속음악원 제자들 음악회를 마치고

TV출연
-TVn 드라마 '하이클래스' '이브'

아무리 작아도 다이아몬드는 다이아몬드이다. 눈에 띄지 않을 정도로 작은 천재성은 아무도 알아보지 못할 정도로 작아서 숨겨져 있을 수도 있지만 드러나기 시작하면 천재성이라는 것은 누구나 인정하게 된다.

대회 나가서 상을 받은 적은 없지만, 초등학교 때 한동안 그냥 혼자 '시'를 매일 한 편씩 쓰면서 신기해하며 심심하고 지루했던 시간을 잊을 수 있었던 좋은 추억이 떠오른다. 그렇게 혼자만 즐기고 잊혀질 뻔한 일상이 글을 쓰고 책을 쓰는 현재의 나를 준비하는 과정이었나보다. 특히 음악은 소리를 통해 조용하고 내향적인 내 안에서 활동적인 나를 찾게 해 주었다.

TVn 드라마 '하이클래스'와 '이브'에 출연하게 되었다. '준희' 역할을 맡은 아역 배우, '재인' 역할을 맡은 아역 배우 김지유, 박소이 두 명을 대상으로 바이올린 악기 관리법, 손가락 위치, 도레미

310

파솔라시도부터 시작하는 악보 보는 법, 시창, 청음, 활 잡는 법 등 아주 기초부터 '크시코스의 우편마차' 합주와 솔로까지 단기간에 가능할 수 있도록 거의 마술사같이 폭풍 지도를 하였다.

'준희' 대역으로 김소율 학생과 '재인' 대역으로는 박제인 학생을 지도하고, 제2바이올린에는 박하엘 박연후 학생, 첼로 윤정빈 학생과 서울유니버셜청소년오케스트라 단원들과 8명의 아역배우들, 지휘자 포함 32명이 무대에 오를 수 있도록 리허설하고 부모님들을 준비하는 과정이 아직도 생생하다.

드라마 '이브' 준비과정은 단기간 비대면으로 준비해야 했기에 더 자세히 자주 컨텍하느라 서로 특별한 경험이 되었고, 훨씬 어린 학생들로 구성된 멤버로 진행하느라 전날 밤까지 걱정이 되기도 했는데, 다들 무대 체질인지 아주 잘해 내었다.

좋아한다! 즐긴다! 열심히 한다! 잘한다! 아주 잘한다! 천재적이다!는 다르지만, 그 안의 공통적인 '기질' 과 '성향'을 찾아 외부로 나타내어진 이미지를 만들어 간다. 나만의 '브랜드'가 탄생한다. 미치도록 사랑할 수 있는 장미꽃 같은 인생을 꿈꾼다. 천재성에도 자극이 필요하다.

베토벤은 곱셈을 할 줄 몰랐고, 피카소는 4학년 때 수학 시험에 낙제했다. 스티브 잡스의 고등학교 시절 GPA점수는 2.65였다고 한다.

> *"천재는 하나의 기술이다. 우리는 누구나 천재가 될 수 있다."*
> *−세스 고딘−*

세상을 바꾸는 통찰력은 어디에서 오는가? 천재성을 발굴하고 성장하게 할 마음의 터전이 먼저 있어야 한다는 것을 알게 되었으니 천군만마를 얻은 기분이 될 것이다.

가치
- 예술 1인 기업

당신의 가치를 100퍼센트 홍보할 수 있을 정도로

해당 분야의 전문가가 되어라.

-하브 에커-

예술가와 사업가는 막연한 불안감을 가지기 쉽다. 좋은 상품 개발과 홍보 마케팅은 동시에 잘 이루어져야 한다.

교육 활동을 하면서 기억나는 한국과 외국의 많은 제자들이 떠오른다. 벌써 유학까지 다녀오고 성장해서 활동을 하는 제자들도 있고 이제 막 시작한 제자들도 있다.

경쟁력 있는 제자의 미래를 위해서 '연습용 피콜로'를 선물한 적도 있다. 연습을 너무 열심히 해서 전체 수리에 들어가야 하는데 악기를 다시 구입할 수 있는 여유가 안 되어 '연습용 플루트'를 선물한 적도 있다. 엘토 플루트, 베이스 플루트를 가지고 있는 플루티스트는 거의 없다. 그래서 필요하다고 부탁하면 빌려준 경우가 많다.

레슨을 더 많이 해 준 경우는 정말 셀 수 없이 많다. 국제학교 다니는 학생들이 많은 서울유니버셜청소년오케스트라에 소속되어 있다가 외국 유학간 학생들도 상당히 많다. 처음에 학교 적응하는데 한국에서 서울유니버셜청소년오케스트라에서 활동하고 배운 내용이 가장 큰 역할을 해 주었다는 소식을 들을 때 얼마나 뿌듯한지 모른다. 해설과 연주가 있는 가리볼디 플루트 에뛰드처럼 교재를 통해 학생들을 지도하고 강의하고 연주도 한다. 예술가의 삶을 계속 살기로 한 사람들은 1인 기업 운영을 하고 있는 셈이다.

공감 능력이 좋아서 아픈 사람을 보면 내가 더 아픈 경우가 많고, 그럴 때마다 나이팅게일처럼 도와주고 싶은 마음이 커진다. 음악, 상담, 컨설팅으로 삶의 변화를 시도한다. '융합콘텐츠학과'에서 배운 내용을 토대로 다른 분야와 융합하여 '재창조'하며 '꼴라보'하는 일을 만들어 가 본다. '작가'로서의 활동으로 활력을 찾는다. 전문가가 되기 위한 시간! 매일 새벽에 깨우며 도전한다.

아주 작은 차이가 큰 차이를 싹 트게 하는 광고의 묘미를 실감하며 살아보자. '종교는 내세를 즐겁게 하고 광고는 현세를 즐겁게 한다'라는 말을 들어본 적 있는가? 가볍게 아주 가볍게 광고의 새로운 세계를 이야기하고 싶은 구절인 듯하다. 자기 광고 표현법을 배우고 실천하면서 즐거운 인생을 누려보자.

진정한 성공에는
조화가 필요하다

게임의 규칙
- 이래하 인생성장연구소

게임의 규칙을 배워야 한다.
그러면 누구보다도 게임을 잘할 수 있게 된다.
-알베르트 아인슈타인-

세상을 살아가는 규칙은 "웃으면 복이 온다." 웃음, 긍정도 전염된다. 가만히 있는 것도 부정이 될 수 있다. 부정은 옥에 티가 된다. 이런 환경에서 오래 참고 인내하는 것은 지나고 보니 미련한 일이었다. 무조건 착하게 사는 것은 게임에서 지는 지름길이라는 것을 알았다. 가식을 버리고 진정 나다움이 가능한 환경을 찾아 이동하는 것이 살길이다.

이래하 인생성장연구소는 자기계발을 하고 살아가면서 행복과 꿈을 찾아 노력하는 삶 속에서 부딪힘이 있을 때마다 인생 성장을 위해 도움이 될 라이프코치로서 안내를 하는 연구소이다. 자기발견, 감정코칭과 함께 세상과 소통하는 자아실현을 위한 도구가 될 것이다. 인생의 희망하는 삶을 목표로 두고 기본적인 규칙을 배우고 응용력을 키우면서 변화하는 환경에 반응하는 게임을 하며 목표에 가까이 가는 재미있는 인생을 살아간다.

배경은 어떻게 되든 나의 노력 나의 모습을 발전시키는 데 거의 모든 관심이 쏠렸다면, 이제는 배경은 자주 바뀔 수 있다는 것을 알고 거기에 어울리는 반응을 보이려면 어떻게 해야 하나에 집중한다. 그 변화에도 잘 어울리고 아름다운 모습이 나오려면 어떻게 해야 하는지? 무엇보다도 매일 기분이 좋고 행복하려면 어떻게 해야 하는지?

세상이라는 게임의 규칙은 다양하다. 각각의 사연이 다르고 상황은 계속 변화하고 있으니까! 잘나가는 사람들, 전문가를 충분히 최대한 많이 두고 벤치마킹하면 된다. 모방을 부지런히 하면 창조는 자연스럽게 된다. 지금 이 순간, 내가 모방해야 하는 롤모델은 누구인가? 무엇인가? 찾아보자.

이 세상의 게임에서 이겨본 사람들을 가까이한다. 어디서 나에게 도움이 올까? 어떤 사람을 통해 시간을 단축해서 짧은 인생 더 값지게 살게 될까? 지금 이 순간 그 사람이었다면 게임에서 어떤 선택을 했을까?

'부자는 기회에 집중하고 가난한 사람은 장애물에 집중한다'고 한다. 할 수 있는 것을 먼저 하자. 하고 싶은 것은 곧 따라온다.

유학을 간절히 소망했을 때 강력하고 일관된 바람을 잊을 수 없었다. 환경이 아닌 내가 진정 원하는 나의 모습에 초점을 맞추었을 때 일어난 일들! 지금도 흔들림 없이 나의 모든 소원을 이룰 기회에 집중하는 태도를 살리고자 한다.

'기회'는 언제 나의 것으로 찾아오는가? 하고 싶다고 강하게 끌리는 것이 실제로 가능할 수 있도록 '준비'된 상태로 만들어 주어야 진정 기회가 내 것이 되어 살아난다. '장애물'은 뛰어넘으라고 있는 것이다. 시간이 지나면 자연스럽게 소멸되기도 한다. 시간을 단축하려면 '반대'로 해 보는 것도 좋다. 인생 성장을 위한 나다운 환경을 찾고 있다면 꼭 기억하자.

시작이 반이다! 곧장 시작한다! 전문가와 함께한다! 환영한다! 지금 할 수 있는 것에 집중한다!

'마음을 먹는 일' '다짐' '용기' '행동력'이 나를 리드하는 힘이 된다.

평생을 한 음악보다 인생 자체가 예술인 것 같다. 음악처럼 능숙하게 플레이할 수 있는 레벨로 올라가고자 한다. 다양한 훈련법을 적용해서 연습하고, 상상 속 시뮬레이션도 하고, 무대에서 작품 발표를 하듯이 준비하는 과정을 계획성 있게 진행하고 그

자체를 놀이처럼 즐긴다. 취미가 직업이 되고 직업이 취미가 될
수 있는 그런 인생을 꿈꾼다.

과연 어떤 일이 일어날까?라는 '설레임'으로
다음 일상생활에 임해보자.
사랑받기 위해 태어났고 성장하기 위해 태어났다.
성장이 멈추었는가? 점검하고 발전시키자.

평화로운 일
- 한국 플루트 학회

스스로 꿈꾼 대로 살 수 있도록 용기를 내어라.

-랠프 월도 에머슨-

결핍보다는 기회에 집중하고 그곳에 용기를 내어 도전한다.
간절히 바라면 이루어진다? 집착인가? 끈기인가? 의 기로에
섰을 때 우회의 길을 선택하고 관망한다. 끊임없이 바라는 끈을
살짝 느슨하게 잡고 시골길을 달리는 마차처럼 조금 돌아간다.
포기하거나 장기정체가 일어나지 않도록 한다. 멈춤의 용기는 일
시적으로 필요하다. 완전히 포기하는 것은 아니니까. 내가 멀리
가 주는 것도 한 방법이다.

가치관이 통하는 사람들을 찾아서 시간을 귀하게 보내며 지내자. 너무 혼자 힘으로만 하지 말고 엄마의 등을 타고 올라가서 세상을 내려다보듯이 항상 자존감을 올리고 높은 위치에서 세상을 볼 수 있게 해 줄 사람들을 가까이한다. 마음에서 좋은 사람들이 있는 곳을 찾아서 열심히 하면 되는 것 같다. 다양한 연주 단체와 예원, 예고, 대학에 출강하면서 느낀 점은 모두들 다른 생각을 하고 산다는 것이다. 내가 꿈꾼대로 살아보기 위해 소망을 따라 움직인다.

환타지를 그리는 플루트

여린 탄생

Flute 플루트란 가느다랗고 긴 가로 피리
보기에도 세련되고 우아한 라인을 뽐낸다.

팔 길이보다 긴 이 악기의
자세는 어떻게 잡아야 어울릴까?

시선을 돌려

깊은 산속 멀리서 들려오는
새 소리를 따라 경청하듯.

몸은 마음을 이끄는 곳을
향해 움직인다.

품 안의 악기는
굽이 굽이 넘어가는
자연 속으로 파고드는 소리를
내고 싶어한다.

바람 부는 곳에 두면
혼자서도 소리 낼 것 같은
플루트

잔잔하게 스치는 터치감이
전달되기까지
긴 여정을 지나 온
간절함

오래전부터 탄생된 태양 빛이
우리를 만나기 위해
지내온 세월처럼

나에게 오기까지
살아오느라 애썼구나

여리게 시작한 소리의 탄생

이제 내 귀에 들렸으니
잠시 쉬었다
함께 꿈을 그리자.

한국문학생활회

글. 미래의 하늘 **이래하**

간절한 소망이 있다. 그렇다면, 영감을 받은 대로 느끼고 행동
하는데 꿈을 먹고 살면서 누리는 사람들과 가까이한다. 유학 시절
을 떠올려본다. 대가라고 하는 분들과의 인연을 맺기 위해 적극적
으로 다가갔던 나의 행동들! 유학 시절처럼 존경하고 만나고 싶은
사람들과의 인연을 맺기 위해 적극적으로 나서기로 다짐한다.

예전의 꿈은 '음악 성공'에 있었다면, 지금은 인생 전반에 있어
서의 '풍요'에 있다. 풍요가 있어야 나도 누리고 남도 베풀 수가
있다. 위축되지 않고 자유롭게 살 수 있는 생각, 행동, 부, 건강,
관계, 꿈의 풍요는 더 큰 풍요를 낳는다. 풍요로운 사람들과 여유
있게 살고 싶다. 그런 분들과 친해지고 소통한다는 것만으로도
희망적이다.

한국플루트학회 제6회 정기연주회 플루트 앙상블 연주
푸치니 〈나비부인〉 차이콥스키 〈잠자는 숲속의 공주〉
이래하, 목정윤, 김영미, 김미숙, 정다은, 장형지

　나를 좋아하는 사람이 10명 있는 것보다는, 특별히 사랑하는 1명이 나를 살리고 있다는 것을 안다. 일을 집중해서 할 때 능률이 오르는 것처럼, 적극적으로 표현하고 성장할 수 있는 관계는 하늘이 주신 선물이다.

　음악 활동을 하면서도 워낙 내향적이다 보니 오히려 청중을 가까이하는 작은 무대보다 청중과 거리가 있는 큰 무대에 서는 것을 좋아했다. 뭔가 부딪힘이 많은 것은 자연스레 피하게 되는 성향이 있었다. 나의 활동 외에는 조용히 지내는 편이었다. 그러던 중 우연한 기회에 한국플루트학회 창단 때부터 자리를 함께하게 되었다.
　회의를 할 때 아이디어를 내면 직접 해보라고 권유받았다. 모르면 배워서라도 즉시 행동하는 자세로 임하다 보니 생각보다 스피디하게 진행이 되었다. 자연스럽게 기획부터 음악감독까지 다양한 일을 맡아서 하게 되었다.

함께할 수 있는 일들을 너무 드러내지 말고 조용히 하고 싶다. 다른 사람들이 하기 어려워할 수 있는 일들을 심플하게 할 수 있다면 다행이라고 생각한다. 과거의 감정을 빼고 원하는 미래 모습을 그리며 지금 현재를 충실히 살아간다.

드라마를 방영 전에 미리 찍는 것처럼, 음악 활동도 조용히 꾸준히 담담하게 평화롭게 하고 싶다. 나의 일상이 영화의 한 장면이 되어 기록되고 있다고 꿈꾸어 본다. 나의 스토리를 직접 쓰는 작가로 살아간다. VVIP가 받는 혜택을 받으며 가치 있는 삶을 살아가자! 더 나은 미래를 위한 끊임없는 노력과 용기는 칭찬 받을 때 생긴다. 칭찬 일기로 응원하며 한 스텝씩 강도를 높여보자.

한국플루트학회 5회 정기연주회 예술의 전당 IBK홀에서

뮤직테라피
- 힐링 라이프 환경 캠페인

교육은 과거의 가치 전달에 있는 것이 아니라,

미래의 새로운 가치 창조에 있다.

-존 듀이-

전화위복! 실패나 상처를 두려워하지 말고, "괜찮아! 나는 몇 배 더 좋아질 거야!" 설렘으로 할 생각, 말, 행동, 돈 쓸 곳, 마음 쓸 곳, 갈 곳을 상상하고 만들어간다. 영원히 살 것처럼 아끼고 살지 말고, 기분 좋은 쓰임새가 되는 곳에 쓴다.

1인 1악기 시대. 악기를 다루는 것은 축복이다. 모두가 마음만 먹으면, 쉽게 악기를 할 수 있는 좋은 시대이다. 맛집을 찾아 한 번씩 좋은 추억을 만들어가듯이 악기를 빌려서라도 체험해 볼 수 있는 것이다.

애착 유형을 한번 알아보자. 유익한 점이 많을 것이다. 안정 유형, 집착 유형, 두려움, 회피유형, 무시 유형… 악기를 하면서 스스로 자신의 위치를 파악해보면 앞으로의 방향을 설정하는 데 도움이 될 것이다.

서울유니버셜청소년오케스트라 크리스마스 봉사연주(송파노인종합복지관 MOU)

외롭고 힘든 세상에 나아갈 힘을 주는 사람이 몇 명 정도 있는
가? 먼저 나를 돌아보고 기도, 어울림, 호흡, 의식 성장을 하는
만큼 그런 좋은 사람들이 자석처럼 점점 가까이 오는 것을 지켜
보았다. 기쁨과 희망이 2배가 되고 나눔과 휴식도 2배가 된다.

오케스트라를 지휘하다

헤르츠(Hz)

대기실에 악기 케이스를 들고 한 명씩 들어온다.
케이스를 열고 악기를 꺼낸다.

다양한 개성 있는 악기들이
하나씩 보이기 시작한다.

서로 다른 모양, 다른 생각의 선율들이
한자리에 모인다.

튜너기를 꺼낸다.
튜닝한다.

요즘은 보통 442Hz에 맞춘다.
Hz(헤르츠)는 주파수 진동수를 말한다.

전자파의 전파에 관한 연구로 유명한 헤르츠(1857-1894)의 이름을 따서
사용하는 진동 현상을 나타내는 기준 단위이다.

1헤르츠는 1초에 1번의 진동 현상이 일어났다는 것을 표시해 주는 것이다.
442 헤르츠는 1초에 442번의 진동 현상이 일어나고 있는 것이다.

연주 전에도 조율하고
무대 올라가서도 한 번 더 하는 모습을 본 적이 있나요?

각기 고유의 음색을
아름다움을 유지하기 위해
지속성있게 서포트 해 주는 힘이
작용하고 있는 것이다.

부지런히 움직이는 이 동력이 모여

울림을 만들어내고
공간을 동시에 진동시킬 때
벽도 흔들리고
갈라지게 할 정도의
위력이 나오는 것이다.

이 소리를 듣는 사람들의 몸이 진동하고
가슴이 벅차오른다.

진동! 진동!
442번의 진동수를 가지고
파도처럼 움직이며 생성되는 파장들이 확산되어
하나 된 감동을 꽃피운다.

한국문학생활회
글. 미래의 하늘 **이래하**

서울유니버셜오케스트라 & 아리수합창단

혼자보다 함께 멀리 갈 수 있는 축복의 시스템을 갖추며 끊임없이 행복에 도전한다. 매일 함께 필사하고, 자주 안부 전하고, 매일 작은 성공, 작은 감사, 작은 보상, 작은 기쁨, 작은 비전을 나누는 행동으로 긍정적 변화의 물결을 타고 간다.

음악치료는 음악감상을 하면서도 이루어진다. 직접 악기를 다루게 되면 더욱 친근감 있게 활용하게 된다. 소리를 낸다는 것의 상상을 초월하는 파워를 체험하게 된다. 스스로에게 넉넉한 사람이 되어야 풍요가 찾아온다고 한다. 풍성한 소리를 통해 풍요를 가져본다. 가족이 하나가 되는 소리는 더욱 행복으로 이끌어 줄 것이다.

하고 싶은 것, 먹고 싶은 것, 가고 싶은 곳 가고, 하고 싶은 말, 하고 싶은 행동을 선택해서 하면서 나를 스스로 챙기기로 한다. 하고 싶은 운동도 시작하고, 상상을 공유할 수 있는 친구와 소통한다. "행운은 용감한 사람의 편이다" 그동안의 '가치관'의 틀에서 나와서 형식이 아닌 '이로움'을 찾아 과감하게 손을 내미는 선택을 한다.

서울유니버셜오케스트라에서는 보다 생활 가까이에서 즐기는 음악으로 친근함을 추구한다. 힐링 라이프 환경이 갖추어진 정신적, 감정적, 영혼적, 육체적 공간! 매일 나의 시선과 나의 손이 움직인다. 성장하는 나무는 큰 대지를 찾아서! 더 성장해야 하는 물고기는 큰 바다를 찾아서! 나다움을 마음껏 누리고 살 수 있는 환경을 찾아 간다. 재능과 약점, 열정과 상황, 꿈과 현실 사이의 차이를 극복하게 해 줄 조화는 성공으로 가는 다리가 되어준다. '꿈'으로 가는 다리가 되어 줄 환경 캠페인 비전은 나를 설레게 한다.

인생에서 성공보다 더 중요한 것들!

이 책이 여러분에게 인생의 확대경이 되어 숨은 보물들을 알아보는 눈이 열리게 하는 데 동반자가 되길 바란다.

성장확언

나에게 지속적인 만족이 생겨난다.
○○○의 삶은 부지런히 원하는 방향으로 이루어지고 있다.

꿈틀꿈틀 당장 할 수 있는 일부터 Go Go!
축복은 ○○○의 것! 나와 소중한 사람들의 것!

음악과 리듬은 영혼의 가장 내밀한 장소에 도달한다.
-플라톤-

긍정의 말이 음악이 되는 순간!! 미라클은 시작된다.
-이래하-

지금 당장 마음의 노래를 부르자.
노래의 증인으로 살자.

'Festina Lente!'

'천천히 서둘러라'

가슴 뛰는
진정한 성장을 응원하며!!

좋은 글, 말들이 콧노래가 되어 설득된 몸과 함께한다면
파워엔진의 슈퍼카가 되는 것이다.

현재 당신의 날씨는 어떠한가?
행운을 받아들이는 환경은 어떠한가?

향수를 만들어 내는 과정처럼
『인생에서 성공보다 더 중요한 것들』
책 한 권의 엑기스를 추출하여
오래 남는 향기를 만들어내기를 바란다.

리듬이란?
길고 짧은 음들의
강약의 배열에 의해 나타나는 율동감이다.

한계를 두지 말고 부지런히 상쾌한 기분으로 더 큰 박수소리를 상상하며 살아보자!

H S P Health, Smile, Peace 리듬은?
성장과 번영을 향해 이끌어준다.

효율적인 리듬은? 오른발 – 현명함
습관 리듬은? 왼발 – 현실

비전 리듬은? 오른손 날개 – 페르소나
럭키 리듬은? 왼손 날개 – 즐거움, 행복

뛰다가 날아오르는 상상을 해 본다.

공감하는 리듬은?
온전히 반응하는 나 – 풍요로움

Let's go.
움직여보자!

수십 년 뿌리 내리던 나무가 꽃을 피우는 순간
기쁨의 환호성을 상상하며

이래하